浦賀和宏

カインの子どもたち

実業之日本社

実業之日本社文庫

カインの子どもたち

1

私の祖父は人殺しだった。

両親や支援団体の人々は、お祖父ちゃんは冤罪《えんざい》だから世間様に恥じることはない、と口癖のように言う。祖母は祖父の無実を信じ続けて死んだ。でも仮に祖父が本当に無実であっても、世間の大多数の人たちにとって、私は人殺しの孫だった。

イジメられたり、冷やかされるのには慣れた。遠巻きに噂《うわさ》をする心ない大人たちの視線も。耐えられなかったのは、今、こうしている瞬間にも祖父は拘置所にいて死刑を待っているという事実だった。親族のこっちまで生殺しにされているようで、ちゅうぶらりんの気持ちになる。

幼い頃の私は、死刑宣告を受けたのに、祖父がいつまでも死刑にならずに留め置かれている意味がわからず、母に訊《き》いた。

『お祖父ちゃん、いつ死ぬの？』

母は私の言葉に泣いた。それ以来、私は自分からは母に祖父の話をしなくなった。

父と母は、祖父が冤罪だと主張する人々の集会で出会った。つまり私は祖父が死刑の判決を受けたおかげで、この世に生を受けたのだ。祖父が有罪であれ無罪であれ、私は祖父に死刑を宣告した裁判官に感謝しなければならなかった。

母はすぐに泣くので、祖父の話をする時に、私の話相手になってくれるのは大抵、父だった。

『お父さんは、どうして、お祖父ちゃんの無罪を信じているの？ 実の子供だから？』

父は私の質問に、よどみなく答えてくれた。

『国家って言うのは、怪獣みたいなものなんだ。確かに人間同士も殺し合う。でも怪獣が街を破壊するのは、その何百倍も悪いことなんだ。人間を一人でも死刑にするような国家は、戦争をして何万人も人を殺すってことだから』

それがこの手の質問に対する模範解答なのかもしれない。でも誤魔化されているような気がした。私が知りたいのは、祖父が無罪を信じるに値する人物かどうかだった。

『じゃあ、お祖父ちゃんは人を殺してもいいけど、国はお祖父ちゃんを殺しちゃいけないの？』

『そんなことは言っていないだろう。お祖父ちゃんは潔白だよ。だからお父さんもお母さんも頑張っているんじゃないか』
その口調は、先ほどの答えに比べると頼りなげで、自信がなさそうに聞こえた。
父を始めとした支援団体の人々は、たとえ祖父が真犯人でも、死刑には反対するんだろうな、と子供ながらに思った。

昭和二十八年のことだ。

当時、祖父は府中の工場で働く工員だった。素行は、どちらかと言うと良くなかった。お酒を飲んで喧嘩《けんか》をして、たびたび警察のやっかいになっていたという。女性に手を上げた罪で前科もあった。だから余計に疑われ、量刑が重くなったらしい。

お酒を手放せない祖父は、常にお金に困っていた。祖父は借金をもみ消すために森《もり》川《かわ》ナカという金貸しの女性を撲殺し、家に火をつけた疑いで逮捕されたのだ。

祖父が履いていたズボンの裾には、殺された女性の血液が少量だが付着していた。放火による被害は被害者宅の半焼程度に止《とど》まったが、燃え残った隣の部屋から、祖父の指紋が発見された。動機も、物的証拠も十分だった。

祖父は、返済を待ってくれと頼みに行って、彼女の死体を見つけただけだと主張した。ただそれが事実だとしても、祖父の落ち度は、警察に通報しなかったばかりか、これ幸いと自分の貸付証書を探し回ったことだった。放火にかんしては一切心当たりがないと言う。

祖父でないとしたら、いったい誰が現場に火を放ったのだろう。現場には囲炉裏があったが、失火の可能性は薄かった。現場からは割れた揮発油瓶のかけらも発見された。状況から鑑みて、被害者を殺した犯人が火をつけたとしか考えられない。

ズボンの裾に血液がついているのは、現場に飛び散った血液が乾く前、つまり殺人の直後に被害者宅を訪ねたからだ。更にその後、再び真犯人が戻ってきて死体に揮発油を振りかけて火をつけたなど、あまりにも不自然ではないか——そう、警察は祖父を追及したという。

現場の近くの溝から、凶器と見られる木の棒が発見され、被害者の家の裏に積まれた薪《まき》の一本であると認められた。被害者の血液は検出されたが、泥で汚れていたせいで犯人の指紋は祖父のものとは断定できなかった。その事実は父たちの、祖父が冤罪だと主張する最大の拠《よ》り所だった。

だが父たちの主張は、ほとんど鑑みられなかった。祖父が犯人である決め手は、現場に残った指紋だ。警察は、祖父が貸付証書ごと現場を燃やして、自分の借金を帳消しにするために放火したと断定した。だが被害者は貸付証書を手提げ金庫にしまっていた。発見が早く半焼程度で済んだこともあり、貸付証書は無傷で発見された。

府中放火殺人事件の犯人と目された祖父は、十五年もの長きに亘《わた》って最高裁まで争った。しかし一審、二審の判決は覆らず、死刑は確定した。

私は祖父と、一度も会ったことがない。

死刑囚との面会は厳しく制限されている。幼少期、両親は何度も私と祖父との面会を請求したという。だがすべて却下された。迂闊《うかつ》に孫などと会わせて、人生に未練を持たれては困るという判断がなされたのだろう。

小学校に上がると、さすがに自分の祖父が死刑囚である意味が分かり始めた。人殺しの孫、とイジメられるのは日常だった。クラスで一番成績の良い男子が、私に向かって、

「立石《たていし》アキはカインの孫だもんな」

と言った。彼はこのクラスの学級委員で、学年全体の委員のリーダーでもあったから、普段から委員長と呼ばれていた。皆は、意味も分からず委員長の真似《まね》をして、カインの孫、カインの孫！　と冷やかした。

もちろん当時の私も、その言葉の意味が分からなかった。放課後、図書館の百科事典で調べたカインの意味は、私の一生の心の傷になった。

旧約聖書の創世記に登場するアダムとイブの息子。嫉妬から、弟アベルを殺した。

アダムとイブが人類最初の男と女であることぐらい、子供の私だって知っていた。アダムとイブの子供が、カインとアベル。人類最初の兄弟。弟アベルを殺したカインは、つまり人類最初の殺人者ということになる。

委員長は優等生だけあって、普段はイジメられている生徒を庇《かば》ってあげるような男の子だった。しかし彼は、他の子供たちよりも物知りだった。どこかでこのカインとアベルの話を知り、殺人者をカインと表現する自己顕示欲にあらがえなかったのだろう。カインの孫。格好のいい言い回しだと思ったに違いない。そう、悪気はなかったのだ。

それでも私は、委員長に与えられたこのあだ名を、今でも忘れることができない。

両親は私の教育よりも、祖父の冤罪を晴らすのに必死で、私はほどほどの偏差値の大学を卒業した。就職には苦労した。履歴書に祖父が死刑囚などと書く必要はないけれど、最高裁で死刑判決を受けたにもかかわらず、執行されずに実に四十年以上拘置所に留め置かれている祖父は有名人だった。少し調べれば、私が死刑囚の孫であることは、簡単に知れた。

私はどこにも就職できず、結局両親に紹介された商社に事務として入った。社員が五十人ほどの中規模な商社だったけれど、社長の父親が祖父の同窓で、頑《かたく》なに無実を信じて亡くなったという。

コネでも就職できて良かったと思う。しかしそれ以上に、私は生涯祖父の存在から逃れることができないんだ、と思うと暗澹《あんたん》たる気持ちになった。

「お祖父ちゃん、いつ死ぬの？」

気づくと、子供の頃のそんな台詞《せりふ》を、誰もいない部屋で一人つぶやくような大人に、私はなっていた。

今の私だったら、面会を請求すれば、恐らく認められるだろう。もう立派な大人なのだから。でも私は、祖父と会いたいだなんて、少しも思わなかった。自分がその死を望んでいる相手と面会するなんて、ぞっとした。

ジャーナリストの泉堂莉菜《せんどうりな》が私に会いたいと言っている、と父に聞かされたのは、そんな死刑囚の孫という日常が漫然と過ぎゆく、ある春の日のことだった。

2

平日の仕事終わりに、両親と暮らす府中の実家近くの喫茶店で、彼女と会った。祖父が逮捕された直後は、父と祖母は府中に居られなくなり、日本の各地を転々として暮らしていた。だが母と結婚してまた府中に戻ってきたという。

「親父は何も悪いことはしていないのだから、逃げ隠れする必要はない」

と父は言ったそうだ。犯行が起こった街に住み続けるのも、祖父の無罪を主張するアピールらしい。それでも噂をする住人はいるし、私も子供の頃、怪しい男にじろじろ見られた記憶がある。近づきも話しかけもせず、ただ遠くから見ているだけで何もしては来ないのだが、学校の帰り道、おつかいの途中、公園で遊んでいる時など、いつのまにか現れて私を見てくるのだ。

さすがに怖くなって両親に相談すると、男は姿を現さなくなった。警察に相談したからもう大丈夫、と母は言った。

母には妹がいるのだが、死刑囚の子供との結婚に反対し、こちらの家族とはほとんど絶縁状態だ。それでも母に連れられて、目黒に住んでいる彼女と、子供の頃数回会ったことがある。無愛想で、私をじろりと睨《にら》んで、怖い叔母さんという印象しかない。母は死刑囚の子供と結婚しただけだが、私は正真正銘、その死刑囚の血を引いているのだ。叔母はそんなカインの孫になど会いたくなかったのかもしれない。

同じ東京都でも、府中に比べれば目黒の方が都会だ。正直、憧れはある。でも両親と一緒に府中に住み続けている私は、甘んじてカインの孫の人生を受け入れているということかもしれない。

実家を出たいと思うけれど、真っ白な人生をここ以外のどこで切り開けばいいのか分からずに、足がすくんでしまう。囚人の孫は、やはり囚人なんだな、と考えると、また気持ちが暗くなった。

泉堂莉菜は私と同い年で、私と同じように死刑囚の祖父がいた。違うのは、彼女の祖父は拘置所で病死し、既に故人だということ。そして彼女はノンフィクション作家として数冊の本を出している著名人ということだ。そのような祖父を持ったから、作家の道に進んだのは想像に難くない。

「ずっとお目にかかりたいと思っていました」

と泉堂は言った。

彼女の名前は両親から聞かされて知っていた。自分のお祖父ちゃんの冤罪を信じて、あちこち足を運んで取材を重ね本まで出版したと。だから私は彼女にはいい感情を抱いてはいなかった。彼女だって死刑囚の祖父がいることで、いろいろ言われただろうに、それでも健気に冤罪を信じているなんて、当てつけられているように思った。

一度、テレビに映る泉堂莉菜を見たことがある。確か死刑制度の是非をテーマにした討論番組だった。冤罪の人を死刑にしてしまったら取り返しがつかないから、死刑制度には反対、という趣旨のコメントをしていた。そんな子供でも言えるような意見でテレビに出られるんだ、と思うと余計に面白くなかった。

こうして実際会ってみると、泉堂莉菜は、私の何倍も美しく、明るく、垢《あか》抜けしていた。口調もとても社交的だ。やはり、外見がスマートな人間が、世間ではもてはやされるんだな、と思わずにはいられなかった。

「ご両親には、何回かお目にかかったことがあるんです」

と泉堂莉菜は言った。

「――祖父のことでですね」

「そうです」

「祖父と会ったことはあるんですか？」

不思議そうな顔をして、彼女は微笑《ほほえ》んだ。

「通常、死刑囚は、ご家族と弁護士にしか面会ができないんです」

私は思わずうつむいた。そんなことも知らないのか、と言われているような気がして、恥ずかしかった。

「私は冤罪をテーマにした本を書いてますから、特に認められないでしょう。お祖父さんは、死刑になるために拘置所にいるわけですから、生きる希望を与えちゃ、かえって可哀想だって考えがあるんだと思います」

「じゃあ、どうして、祖父は何十年も生かされているんですか？　それなのに生きる希望を与えてはいけないなんて、変です」

泉堂莉菜はにっこり笑って、

「そう、変なんですよ」

と答えた。私はどぎまぎしてしまった。彼女の笑顔もそうだけど、私の素朴な質問に、まさか同意してくれるとは思わなかったのだ。何しろ彼女はこの問題にかんしては専門家なのだから。もしかしたら、何気なくした今の私の質問は、問題の核心をついていたのかもしれない。

学生時代を思い出した。講義中にふとした質問が、たまたま先生を喜ばせて、恥ずかしくも誇らしくなる気持ち。この状況はまさにそれだ。

髪は耳まで出した短いショートヘアーで、顔の造作がはっきりと分かる。自信がなければ、決してできない髪型だろう。暗い表情を隠すように、無造作に髪を伸ばしている私とは違う。

「立石豪《ごう》さん――お祖父さんは、昭和四十三年に死刑宣告を受けましたが、平成二十七年現在、未《いま》だに死刑執行されていません。四十七年間未決囚ということです。しかもこれは刑が確定してからの期間です。逮捕勾留されてからの期間も含めると、実に六十二年間に亘って牢獄《ろうごく》の中にいるということです。これはギネス級と言ってもいいと思います。世界中見回しても例がありません」

確かに、祖父が起こしたとされる事件に、今でもこうして取材が来るのは、日本で最長の未決囚であるからなのは間違いないだろう。

六十年以上、人生の半分以上を二坪弱の独居房の中での生活を余儀なくされる。仮に祖父が拘置所で寿命を全うしたとしても、そんな人生、緩慢な死刑とどう違うのだろう。ひと思いに楽にさせてあげた方が、どれだけ幸福か分からない。

「それだけの長きに亘って死刑執行されていないこと自体が、お祖父さんの無罪の証明の一つだと思います。冤罪を主張している死刑囚の死刑執行は先延ばしにされる傾向にありますし、再審請求中には死刑執行はされないというのが原則です。しかし、それでも四十七年は長すぎます。これは法務省が府中放火殺人事件の判決に疑問を持っている証拠だと思います。豪さんは今現在八十歳を超えていますよね？」

私は頷《うなず》いた。

「八十六だと聞いています」

「こういう言い方は悪いかもしれませんが、豪さんを獄中死させて、あやふやに終わることを狙っているのかも。事件そのものも、もう六十年以上も前のことだから、冤罪の証明も難しいと考えているのかもしれません」

死刑執行は、どんな理屈を付けても、国家による殺人には違いない。法務省のお役人は、自分の手を汚さずに、祖父を闇から闇へと葬りたいのだろう。

卑怯《ひきょう》だ、と思う。死刑判決を出したくせに、誰も責任をとりたくない。死刑にしないのだったら、恩赦で自由にさせてあげればいいのに。もちろん、そんなことを言っても詮無いことだとは分かっている。しかし、理不尽な気持ちは抑えられなかった。

「今日、伺ったのは、お祖父さんのことについてお話をしたかったからです」

「あの、話と言われても、実は私、一度も祖父と会ったことがないんです」

泉堂莉菜は頷いた。

「ご両親から伺っています」

「はい、だから、祖父について泉堂さんの参考になる話はできないと思います」

「いいえ、それでいいんです。あまり気負わないでください。とりあえず、最初は雑談程度で結構なので」

そう言って、泉堂莉菜はテーブルにレコーダーを置いた。

「お祖父さんと一度もお会いになってないそうですね。ご自分で請求をすれば、親族である立石さんは面会できると思うのですが、今までやられてこなかったんですか？」

「幼児の時は、親が面会を請求したのですが、認められませんでした。小学生ぐらいになると、さすがに祖父が死刑囚であるという意味が分かってきて、自分から面会を拒否しました」

「どうしてです？」

「嫌いだったからです。祖父が」

私は泉堂莉菜に、死刑囚の祖父を持つことでどれだけ肩身が狭かったか、どれだけイジメにあったのか、訥々《とつとつ》と語った。

「お祖父さんが冤罪だとは思いませんか？　冤罪だからこそ、世間はお祖父さんを助けるための運動を始め、その声が司法に届いたからこそ、お祖父さんの死刑は執行されていないのでは？」

　そんなことは、言われなくたって分かっている。父と母はその運動で出会ったのだから。そして私が生まれたのだ。

「私は別に、どうだっていいんです。祖父が真犯人であろうと、そうでなかろうと。犯人でないとしても、被害者が死んでいるのをいいことに、通報もせずに証書を持ち去ろうとしたんでしょう？　だから犯人扱いされた。自業自得です」

「借金をもみ消すのと、殺人とでは、天と地ほどの差がありますよ」

　少しだけ、泉堂莉菜は真顔になった。祖父の冤罪を信じている彼女にとって、私のような意見は看過できないのだろう。

　でも、彼女はすぐに元の穏和な表情に戻った。

「いえ、すいません。立石さんの素直なご意見に水を差す気はなかったんです。私が変だと思っているのは、お祖父さんが金庫を持ち去らなかった点です」

「貸付証書をしまっていた金庫ですか？」

　泉堂莉菜は頷いた。

「手提げ金庫だから持ち去ることは可能です。金庫の中に貸付証書があるとは思わなかった、とお祖父さんは証言していますが、家中探しても見つからなかったのだから、その金庫の中にあると考えるのが自然じゃないでしょうか。ましてや殺人まで犯したんです。どんなことをしてでも貸付証書を取り戻そうとするでしょう。しかし、現場に金庫は残されていた」

「だから、祖父が犯人でないと？」

「はい。お祖父さんが証言している通り、偶然殺人の直後に現場を訪れただけだと思います。お祖父さんはその機会に貸付証書を持ち去ろうとしました。しかし、突然のことだったので焦っていたんでしょう。目的をもって殺したのと、偶然死体を発見したのとでは、貸付証書を奪おうという意志の強さが違うのではないでしょうか。火災の原因が放火であることは間違いない様子ですが、とにかく、お祖父さんが貸付証書目当てに、犯行に及んだとしたら、不自然な点が多過ぎると思うんです」

私はその話を聞きながら、やはりジャーナリストだけあって理路整然と話すんだなと、少し感心してしまった。

「でも、どうして、祖父のことを本にしようと思ったんですか？」

もう既に、私が死刑囚の孫だということは世間に広まっている。今更、本が出た所で私が更に有名になることはないだろう。だから協力するのは良いのだけれど、高名なジャーナリストの泉堂莉菜が、何故今更、府中放火殺人事件に目を付けたのか。

「私が書こうとしている本は、必ずしも、立石さんのお祖父さんだけをテーマにしたものではないんです」

「ほかにも沢山の事件を取り扱うということですか?」

そういう本は珍しくない。確かに祖父の事件は、アンソロジーの一本として取り上げられるのが妥当な気がする。事件自体は、単純な金貸し殺しだ。日本最長の未決囚という以外に、取り立てて話題性はない。

「そうではなく、その——私は、祖父の事件の本を書こうとしているんです」

「新村《しんむら》事件ですか?」

それならば、知名度は段違いだ。本を出すのも頷ける。現に、彼女のデビュー作は新村事件を追ったものだった。

「でも、私の祖父は、新村事件とは何の関係もありませんよ」

「確かに、今まで誰も関連性を疑おうとはしていませんでした。でも、あるところから情報が得られて、もしかしたら新村事件と府中放火殺人事件は接点があるのかもしれないと思い始めたんです」

「接点ってどういう——」

泉堂は言った。

「私はずっと新村事件を追っていましたが、ここにきて新たな情報が手に入りそうなんです。そのために、立石アキさん。あなたの協力が必要なんです」

「そんな、私に協力できることなんて、何もありません」

「いいえ、あります。あなたは私と同じく、冤罪で不当に逮捕された者の、孫です」

泉堂もカインの孫だった。その意味で、私は他の誰よりも、この美しいジャーナリストと共通点があるのだ。

「でも、私なんか――」

私の煮え切らない態度に業を煮やしたように、彼女は言った。

「新村事件の真犯人と、府中放火殺人事件の真犯人は同一人物かもしれない、と言ってもですか？」

3

新村事件。

それは昭和二十七年に当時の東京都多磨村で起きた、警察官殺人事件だった。殺された新村守《まもる》警部は、自転車で帰宅途中に、同じように自転車に乗った犯人の銃撃を受け、死亡した。

新村警部は、警視庁の警備課長であり、共産主義者を取り締まる特高活動にもかかわっていた。共産主義者にとっては、まさしく目の上のたんこぶだっただろう。新村警部に恨みをもった共産主義者の犯行であることは、ほぼ間違いがないとみられた。

二日後『新村警部に天誅《てんちゅう》がくだる！』という内容のビラが、共産主義者によって都内に巻かれた。明らかな警察に対する挑発行為だった。共産党はただちに、我が党は新村事件ともビラとも一切関係がないという声明を出した。もちろんそれを信じる警察関係者は、一人もいなかった。

やがて、ビラを配っていた共産主義者が逮捕される。彼は最初こそ頑として口を割らなかったが、拷問まがいの取り調べや、妻も逮捕すると脅され、遂《つい》に都内に広がる地下組織の全容を告白するに至った。

男の証言を基に、警視庁は徹底的に共産主義者たちを逮捕し、組織は壊滅した。組織のトップの村松《むらまつ》という男が逮捕されたが、最高責任者だけあって黙秘を貫いたという。村松は新村警部の殺害教唆、その多諸々《もろもろ》のテロ活動の罪で無期懲役の判決を受けた。だがそれで捜査が終わるはずもなく、やがて警察は、思いもかけない方面から、新村警部殺害の実行犯を炙《あぶ》り出した。

新村事件が起きる半年前、都内のとある銀行の、佐田《さた》という頭取が自殺している。佐田は頭取の立場を悪用して、銀行の資金を横領していたという。警視庁の楠畑《くすはた》という警部がその事実をつかみ、たびたび佐田を恐喝し、金を得ていた。恐喝に苦しんだ佐田は自殺し、横領事件はうやむやに終わるはずだった。しかし正義感が強い新村警部は、事件を白日の下にさらそうとした。それを知った楠畑は焦り、新村警部を亡き者にしようと決意する。子分のように従えていた右翼の暴力団員たちを新村家の近くに住まわせ、新村警部を消すチャンスを虎視眈々《こしたんたん》と狙わせた。その暴力団員の中に、泉堂哲也《てつや》、莉菜の祖父がいた。

哲也はちょうどその頃、妻と離婚した。後に泉堂莉菜の父親となる男の子が産まれたばかりで、妻、つまり莉菜の祖母は自分が何故離縁されなければならないのか、途方に暮れながら、子供をつれて実家に帰ったという。これはもちろん、新村警部殺害という大仕事が控えているので、身辺整理の一環だと警察は主張している。

後に楠畑警部の自宅から発見された拳銃が、新村警部を撃ったものと一致した。楠畑警部は取り調べを受け、後に刑事の職を辞しているが、アリバイがあったことや、目撃証言から新村警部殺害の実行犯ではないとされた。楠畑警部は哲也に拳銃を手渡しただけと証言し、哲也もそれを認めた。

だが哲也は、自分は楠畑警部と拳銃のやりとりをしただけで、新村警部殺害の実行犯ではないと犯行を否定する。しかし、もともと哲也が拳銃の扱いに手慣れていたことと、また自転車で逃走する犯人の後ろ姿が哲也に似ていたことから、遂に泉堂哲也は新村事件の犯人として逮捕されたのだった。

「新村事件の真犯人が、府中放火殺人事件の犯人でもあるって仰るんですか？」

府中放火殺人事件については、様々な人たちがいろいろなことを言っている。でも、新村事件と結びつけて考える人がいるとは思わなかった。

新村事件は現職の警部が銃殺されるという大事件で、容疑者に浮上したのも、警察関係者、共産主義者、暴力団と多岐に亘る。あくまでも借金の踏み倒しが動機と見られる府中放火殺人事件とは、話題性が比べものにならない。

「両親に話したんですか？」

莉菜は笑った。

「電話で一応お伝えしたんですけど、まだ理解できる段階ではないようです。私の名前を出しただけで、何度もありがとうございます、と言われました」

受話器に向かって、ペコペコと頭を下げる母の姿が目に浮かぶようだった。身内の冤罪を主張する家族にとって、若きジャーナリスト、泉堂莉菜は救世主といっても過言ではないのだ。

「アキさんにお会いしたかったのも、同年代の方の率直な意見をお聞きしたかったからです。今まで何度も、いろいろな事件の冤罪を主張する人々にお会いしてきました。もちろん親族の方はお身内の潔白を証明しようと必死なのは分かります。でも、往々にしてそういう活動は、体制に反抗したいだけの左翼の人々に利用されがちです。こういう活動で危惧しなければならないのは、イデオロギーの問題にすり変わることです。死刑という国の判断に歯向かっていることは事実ですから、それだけで、たとえば週刊標榜《ひょうぼう》のような保守系の雑誌が活動を批判してきます。お母さんから、アキさんはお祖父さんの冤罪を晴らすのに積極的ではない、とお聞きしました。今、お話させてもらって、やはりそのような印象を受けました」

泉堂莉菜の話を聞きながら、私はどうもむず痒《がゆ》くなってしまった。

「別にイデオロギーの問題で活動に積極的じゃない訳じゃないんですよ。ただ、こういう家に生まれたからって、どうして活動に参加しなければならないのかと疑問なだけです。いえ、祖父の事件については、もちろん新村事件についてもそうですけど、熱心な人がいくらでもいるから、私なんかに話を聞いたって――」

取材対象を偏らせずに、様々な人々の話を訊くのが、ジャーナリストとしての彼女の信条なのだろうか。

「もちろん、アキさんに直接お話したいことがあるので、今日、こういう場を設けさせてもらったんです。でもいきなり本題に入ったらアキさんを混乱させてしまうので、順を追ってお話させてもらっています――あ、ごめんなさい」

「何がですか？」

「馴《な》れ馴れしく、アキさんなんて呼んでしまって、今日初めてお会いしたのに」

「いえ、呼びやすいなら、それで結構です」

「良かった。私のことも莉菜って呼んでいいですよ」

初対面なのに、下の名前で呼ばれて、え？　と思わなかったと言ったら嘘《うそ》になる。でも莉菜は話に熱中していたから、うっかり言ってしまったんだろうと気にも留めなかった。莉菜を見つめる。彼女は、まるで私の戸惑いを見透かすように、にっこりと笑った。

友達の少ない私は、彼女のような有名人と下の名前で呼び合う仲になれたら素敵だな、と思う。でも期待なんかしちゃいけない。どうせ失望するだけだから。今までの人生、ずっとそうだったのだ。

「府中放火殺人事件と、新村事件の犯人が同一人物である可能性なんて、考えもしませんでした。確かに、府中と多摩は場所的にそう離れていないけど――」

時期もそうだ。府中放火殺人事件は、新村事件の一年後に起きているけど、どちらも半世紀以上前に起きた事件だ。私にとって一年なんて誤差みたいなもの。

「今はまだ証拠固めの段階です。でも、真犯人を見つけられれば、お祖父さんの無罪を証明できることは、言うまでもありません」

そう言って莉菜は笑った。

「新村事件では、祖父は冤罪だと私は考えています。決して身内びいきからではありません。ご存じかもしれませんが、祖父は暴力団にかかわっていました。それだけで、たとえ冤罪であっても一部の人たちにとっては同じことなんです。新村警部を射殺していなくても、同じような悪いことをやっているに違いないという理屈です。親族の中には、泉堂家の恥だとはっきり言う人もいます。でも、祖父を犯人だと指し示す物的証拠は何一つありません。確かに祖父は拳銃の受け渡しにかかわりました。しかし、その後に暴力団を抜けているんです。なぜ抜けたか分かりますか？　家族と一緒になるためです。新村警部殺害のために祖母と別れたなんてとんでもない。ヤクザを辞めさせたいから、祖母の方から進んで実家に戻ったんです。でも祖父は簡単に暴力団を抜けられた理由を、もう少し真剣に考えるべきでした」

「スケープゴートにされたと？」

莉菜は頷いた。

「警察は新村警部殺害の犯人を地下組織の共産主義者だと決めつけ、徹底的に捜査をしました。リーダーの村松は逮捕され、組織はほぼ壊滅状態です。しかし完全に壊滅されるのも都合が悪かった。真犯人の目的は、あくまでも組織の弱体化です。だから共産主義者とは関係のない犯人が必要だった。祖父はその犠牲になったんです」

「佐田という銀行の頭取が自殺したという話は？」

「楠畑警部が彼を脅迫していたという事実をつかんで、それを計画に利用したんでしょう。もしかしたら、真犯人は口封じのために佐田を自殺に見せかけて殺したのかもしれない」

私は思わず唾を飲みこんで、訊いた。

「その真犯人と言うのは？」

莉菜の話が正しければ、新村事件の真犯人が府中放火殺人事件の犯人でもあるのだ。

「私はＧＨＱだと思っています」

「えっ」

あまりにも意外な答えに、思わずそんな声が出た。

新村事件はいいだろう。被害者が警部だし、共産主義者や暴力団も関わっている。スケールは大きい。だが一方、府中放火殺人事件は、単純な金貸し殺しではないか。

「信じていませんね」

と莉菜は言った。

「いえ、そんな。ただ、あまりにも意外だったんで、驚いたんです」

「帝銀事件や下山《しもやま》事件は言うまでもなく、戦後は奇怪な事件が続発しました。これはすべてＧＨＱが占領体制を敷いている時期と一致しています」

それは有名な話だ。帝銀事件は、十二人もの銀行職員が犠牲になった毒殺事件だ。

犯人とされた画家の平沢貞通《ひらさわさだみち》は死刑宣告を受けたが、無実を訴え、判決から三十二年後、獄中で病死した。下山事件は国鉄の下山総裁が轢断《れきだん》死体となって発見された事件で、こちらは公訴時効を迎え、現在においても未解決のままだ。新村事件も大事件だから、GHQの関与を疑う者がいてもおかしくない。

「府中の事件も、GHQがやったって言うんですか？」

莉菜は頷く。

「少なくとも関与はしていると」

「でも、たとえば帝銀事件は毒物、下山事件は鉄道、新村事件は拳銃と、それぞれ普通の事件とは違う特色があります。そういう事件に、ある程度の規模の組織がかかわっているのは分かります。でも府中放火殺人事件は、金貸しの女性を殺して放火したっていう、三つの事件に比べれば小さな事件ですよね？　凶器だって薪です。まさか被害者の女性がGHQにお金を貸していたとも考えられないし」

私の意見を、莉菜は僅かに微笑んで聞いていた。予想通りの反論だと言わんばかりの顔つきだった。

「仰る通りです。だから、同じGHQがかかわっているとしても、その性質が違うと私は考えているんです。言わば府中放火殺人事件は、新村事件に付随して偶発的に起こったものだと」

「どういうことですか?」

「新村事件の実行犯は、GHQの息がかかったエージェントです。そのエージェントが個人的に起こした事件が、府中放火殺人事件と思われます。この結論に達したのは、おそらく私だけでしょう。近く本にして出版したいと思います。世論を味方にできれば、お祖父さんの再審の足がかりにもなるかと」

府中放火殺人事件を世間に広めるために、新村事件と無理やり関連づけているのでは、という疑問が脳裏を過《よぎ》った。しかし府中放火殺人事件側の人間がそれをするならまだしも、新村事件側の泉堂莉菜がそんなことをする必要はないのだ。府中放火殺人事件の話題性は、日本最長の未決囚というだけだ。世間一般には、遙《はる》かに新村事件の方が知名度が高い。新村事件だけで、十分本が書けるはず。

「GHQは戦後日本の共産主義の解体を目指していました。しかし、完全に解体するのも都合が悪かった。なぜなら共産主義者は天皇制を否定していたからです。その点に関してはGHQと利害が一致していた。もちろん天皇制は残されました。それにはいろいろな意見がありますが、天皇制を残しておいた方が国民からの反発が出にくく、日本の統治がやりやすいと判断されたんでしょう。しかし、天皇はあくまでも象徴であるという日本国憲法を施行し、天皇が国政に参加することを否定しました。結局、意図するところは同じです。都合の悪いものでも、根絶してしまうと別の問題が出てくるので、自分たちでコントロールできる程度に弱体化させるのがＧＨＱのやり方だったんです」

「だから共産主義者を一網打尽にするために新村事件を起こし、その罪を暴力団側に擦《なす》り付け、泉堂さんのお祖父さんを犯人に仕立てたと？」

「そうです」

「何か証拠があるんですか？」

新村事件のような大事件なら、推測でＧＨＱの関与を主張しても、それなりに説得力ある本が書けるかもしれない。でも府中放火殺人事件は違う。

ここに至って、ようやく莉菜は私に会いに来た本当の理由を説明し始めた。

「証言してくれる人が見つかったんです。でもそのためには、アキさん、あなたが必要なんです。今まで何度も、新村事件を捜査した警察関係者に取材を申し込みましたが、すべて断られました。皆、とっくに定年を迎えて隠居暮らしをしていますが、それで警察組織と無関係になったわけではありません。警察の醜聞になりかねない取材には協力できないんでしょう。むしろ私は余計に祖父の無実を確信しました。本当に自信を持って祖父を真犯人として逮捕したなら、堂々と取材を受けるはずですから」

「ああ、それは確かにそうかもしれませんね」

「ようやく一人、取材を受けてくれる人が現れたんです。事件当時、エージェントと思《おぼ》しき容疑者を最初に連行した殿村《とのむら》という巡査です。今は肺ガンを患って闘病中ですが、病院のテレビで私を見かけて、手紙をくれたんです。私はホームページで情報提供を呼びかけてるし、それ以外にも出版社で手紙を受け付けているから、連絡を取るのは簡単です」

そう言って、莉菜は微笑んだ。

「死を身近に感じると、人生の心残りを精算したい気持ちになるんでしょうか」

「たぶんそうでしょう。病気になって初めて、いつ死ぬのか知らされず、毎日怯《おび》えて暮らす死刑囚の気持ちが分かったと思います。とにかく、殿村のおかげで新村事件と府中放火殺人事件のつながりが浮かび上がって、こうしてアキさんと出会えたんだから感謝しなければならないですね」

その言葉で、私は思わず頬が熱くなってしまった。気付かれたくなく、少し俯《うつむ》く。

「殿村の手紙によると、彼は二つの事件の犯人に心当たりがあるそうです」

莉菜は、まるで真犯人を呼ぶように、その刑事の名前を呼び捨てた。たとえ情報提供者であっても、自分の祖父に冤罪を着せた警察側の人間には違いない、という強い意志が感じられる口調だった。

「手紙には、あなたを連れてきてくれたら犯人の名前を教える、とありました」

「私？」

莉菜は頷く。

「殿村の目には、私は物凄く優秀なジャーナリストに写っているんだと思います」

私の目にも、そう写っている。

「だから、私にあなたを連れてきてほしいと頼んでいるんです。私だけじゃなく、あなたにも直接話をしたいと。殿村は元刑事だからそれくらい自分でできたかもしれませんが、今は外出するのもままならないほど健康状態が悪化しているそうです。殿村の手紙によると、私にだけ話してあなたに話さないのはフェアじゃないと。殿村は判決が出た後も、府中放火殺人事件のその後の成り行きを注視していたようですね。死刑判決を受けた容疑者に、あなたのような孫娘がいることも把握していたようです。殿村が直接かかわっていたのは、あくまでも新村事件です。しかしそこで真犯人を逮捕しておけば、結果として府中放火殺人事件も起きなかったわけで、あなたに対して、私に対してと同じぐらいに後ろめたさを持っているようです」

それは違う。

父と母は、祖父の冤罪を晴らすための支援者グループで知り合ったのだ。だから殿村が、私に後ろめたさを感じる必要は少しもないのだ。祖父が府中放火殺人事件で死刑宣告を受けたからこそ、私はこの世に生まれてきたのだから。

「その殿村という人に会ったら、記事を書くんですか?」

莉菜は頷いた。

「週刊クレールがサポートしてくれているから、私が週刊標榜に嫌われているから、声をかけてくれたんです。リベラルな雑誌で、保守的な週刊標榜とは犬猿の仲ですから。具体的に記事がいつ掲載されるかは、取材の進捗具合によりますが――もちろん、アキさんのプライバシーを損なわないように最大限の配慮はいたします」

週刊クレールは週刊標榜と同じぐらい有名な週刊誌だ。あんな日本中の書店で売られている雑誌に、たとえ実名は載らなくても、自分の存在が刻まれるのかと思うと、少し怖くなる。

「もし私が、殿村さんに会わないと言ったら?」

お願いです、どうか一緒に殿村に会ってください――そう莉菜が私に懇願することを期待した。

しかし、そうはならなかった。

「その時は仕方がないです。そんな人に会ってくれと突然言われたら、誰だって警戒するでしょうから。殿村には私一人で会いに行きます。それで殿村が真犯人の名前を私にも言わないまま死ぬ、ということには多分ならないでしょう」

拍子抜けした。それでは私を連れて行っても、連れて行かなくても、同じことではないのか。

あくまでも、会いたいという殿村の意志を私に伝えることが重要だったのだろう。会うには会ったけど断られたと嘘をついて、殿村に真犯人の名前を訊くことだってできたはずだ。こうして律儀に府中まで来たことが、莉菜のジャーナリストとしての良心なのか。

「もともとアキさんは、お祖父さんの事件には関心が薄いと伺っていますし、それが普通だと思います。死刑や冤罪と言った社会問題に、皆が皆関心を持たなければならない、ということはありません。その手の運動よりも日々の生活の方が――」

「会います！」

私は慌てて言った。あくまでもたとえ話なのに、本当に断るという話の流れになってきたからだ。

「本当ですか？　嬉《うれ》しい！」

心底嬉しそうに莉菜は言った。ひょっとしたら、莉菜に上手いこと誘導させられたのかもしれない。世渡りが上手な彼女なら、それくらい朝飯前だろう。

そう冷静に判断する理性ぐらい、私にはあった。でも泉堂莉菜とこれっきりではなく、また会えることが分かって、胸がときめいたのは紛れもない事実だったのだ。

4

初めて会った日の、次の週の日曜日に、私は立川駅で莉菜と待ち合わせをした。莉菜はすぐにでも殿村と会いたがったが、フリーランスの彼女と違って、私は勤めがあるので、結局一週間後になってしまった。

駅から出ている送迎バスに乗って、殿村が入院しているホスピスまで向かった。バスは決して乗客が多くなかったが、テレビで見かけたのか、莉菜のことをちらちら見てくる人もいた。毎度のことなのか莉菜はまったく気にしていない様子だったが、私まで見られるのはうんざりした。どんな関係なのか詮索しているに違いない。

「面会時間は何時までなんですか？」

何かしゃべっていないと気詰まりなので、莉菜に訊いた。

「ホスピスは面会時間とかないんですよ。二十四時間、いつでも大丈夫です」

莉菜はまるで無知な子供に言い諭すように、にっこりと笑って答えた。

ホスピスには駅から三十分ほどでついた。森の中のペンションやコテージを連想させた。アメリカ映画によく出て来るモーテルのようでもあった。使われている建材からは木の温もりを感じさせて、白いコンクリートの病院といったイメージからはかけ離れていた。

受付で、莉菜が面会の手続きを行うと、カウンターの奥のスタッフたちが右往左往し始めた。有名人の莉菜が来たから舞い上がっているんだな、と私は単純に考えた。だけど、そうではなかった。

向こうから白衣を着た、一目で医者と分かる男性が現れ、こちらに近づいてきた。殿村の主治医とのことだった。

「殿村さんのお身内の方ですか？」

「いいえ。殿村さんに取材の約束をさせてもらっている者です。本日伺うことはご連絡差し上げていますが」

私はあたふたしてしまったが、さすがに莉菜は慣れたものだった。

莉菜から、名刺や、殿村から受け取った手紙を見せられ、私たちが不審者ではないことを納得した主治医は、単刀直入に告げた。

「実は殿村さんは容態が急変しまして、今朝、亡くなりました」

「ええ!?」

莉菜は叫んだ。私は、殿村が死んだことよりも、冷静沈着な莉菜がそんな声を出したことの方に驚いてしまった。

「亡くなったって、どうしてです？」

「突然の呼吸不全です。殿村さんは肺ガンでしたが、高齢者のガンは積極的治療を行わないのが現在の主流です。ここにいる方たちは、過度の延命処置を拒否している方がほとんどですので、このようなことは決して珍しくはないんですよ」

莉菜はしばしの間、沈黙していた。主治医も莉菜に軽く頭を下げて向こうに行ってしまった。それでも莉菜は、その場に立ち尽くしたままだった。

私のせいだ。

私なんかを連れてきたから、新村事件の冤罪を晴らすチャンスを棒に振ってしまったのだ。ホスピスにいるという時点で、長くないということは分かっていたのに。

「莉菜さん」

私の呼びかけに、莉菜はゆっくりと振り向いた。表情を失った冷たい顔だった。私に失望しているんだ、そう思った。

「ごめんなさい」

「どうして謝るんですか?」

「私が仕事でバタバタして、来るのが遅れたから、殿村さんが死んでしまって。こんなことになるんだったら、有給とってさっさと来れば良かった。ううん、サボっても良かったんです。コネで入って、大した仕事もできないんだから。社長さんだって、祖父の無実を信じてるんです。そっちの方がどれだけマシだったか知れない」

私は目に涙を浮かべて、莉菜に謝罪した。カインの孫と馬鹿にされ、いつも一人で泣いていた子供時代を思い出した。大人になったと思っていたけど、私はまだあの頃の自分のままだった。

社長のことなど、祖父のことですら、私はどうだって良かった。耐えられなかったのは、莉菜に迷惑をかけたことだ。私のせいで、莉菜は彼女の祖父の汚名をそそぐことができないのだ。

それが申し訳なくて泣くほど、私は彼女と一緒にいられて光栄だと思っているのだろうか。自分のことなのに自分の気持ちがわからなかった。

莉菜がこちらに近づいてきた。思わず顔を上げると、彼女はうっすらと微笑みを浮かべながら私を軽く抱いた。

莉菜は甘い匂いがした。

「サボるのは良くないでしょう」

と子供を咎《とが》める母親のように莉菜は言った。

「大丈夫。あなたのせいじゃない。新村事件が起こったのは昭和二十七年。当時社会人だったとしたら、今は百歳近い人だっている。こういうことは珍しくない」

莉菜は子供をあやすように私の背中をトントンと叩《たた》いてくれた。私はしばらく彼女の胸で泣いた。

ホスピスで患者の家族が泣く光景など珍しくもないだろうが、それでもスタッフたちは私たちの動向を注視しているようだった。

それから莉菜は彼らに何か交渉していた。カウンターの奥でまた慌ただしい動きが起こった。

「今度は何を頼んだんです？」

「殿村の家族に会わせて欲しいって。今朝亡くなったのなら、多分ご家族が来ているでしょう。自分の死期を悟って私に手紙を書いたんだったら、もしかしたら、ご家族にも何か残しているかもしれない」

しばらく待っていると、向こうから中年の男性がやってきた。

「殿村の息子です。どういったご用件でしょうか？」

私たちも彼に自己紹介した後、莉菜は殿村から届いた手紙を彼に手渡した。

「新村事件ですね」

彼は手紙を一読した後、そう言った。

「ここに入院する前からよくその話をしていましたよ。新村事件に心残りがあるって。あなたの本も熱心に読んでいました」

「その心残りについて、お父さまから何か聞かれてはいませんか？」

莉菜は期待を込めたような声で訊いた。

「いいえ、私には何も」

「どんな些細《ささい》な事でもいいんです。私に手紙を送ってくださるぐらいです。そんなに重大な秘密なら、ご家族に打ち明けていても不思議ではないと思います」

殿村の息子は、露骨に嫌な顔をした。

「そう言われたって、何も知りませんよ。大方、死ぬ間際にあなたに会いたかっただけじゃないですか？　新村事件に関心のある人々にとっては、あなたはアイドルみたいな存在ですからね」

彼のその答えは、意外な説得力を持って私の胸に響いた。私だって有名人の莉菜と出会えて、少し舞い上がっているのだ。殿村は、孫のような年頃の莉菜に一目会いたかっただけなのかもしれない。

「でもそれなら、私だけを呼べば良かったはずです。殿村さんは私が立石さんと一緒にここに来ることを望んでいました。そんな理由じゃないはずです」

「そう言われてもねぇ」

殿村の息子は、心底困った顔をした。

押し問答のような形になっていると、だんだんと他の殿村の家族や病院関係者が集まってきた。亡くなったばかりなのに遺族に取材するのか、少しは自重したらどうだ、などと私たちを責め立てる人もいた。有名人だと思っていい気になるな、と言う者まで。私たちは来てくれと言われたから来たのだ。それなのに、なぜこんな言い方をされなければいけないのだろう。

莉菜は、こういう事には慣れているのか、顔色一つ変えなかった。そんな莉菜を、黒いジャンパーを着た茶色い髪の若い男がじっと見つめていた。

遺族たちの糾弾から逃げ出した後、莉菜は最初にここに来た時に応対してくれた主治医に、再び話を聞いていた。

「なんですか？」

彼も正直迷惑そうだった。

「殿村さんの死因に、不審な点はなかったんですか？」

「なんですって？」

「ここがホスピスだって事はわかっています。でも、やはりあまりにも急だと思うんです。誰かが意図的に、殿村さんの死因を早めたと言う可能性はありませんか？」

「あなた、何をおっしゃってるんですか？」

「塩化カリウムを静脈注射すると心停止に至ると聞いたことがあります。その手の薬物が使用されたと言う可能性はありませんか？」

主治医は睨みつけるようにして莉菜を見つめた。

「帰ってくれ。今すぐに」

そう言って主治医は足早に立ち去った。私たちは完全に拒絶されたんだな、とその背中を見て思った。

「アキさん」

「は、はい」

「駅に戻りましょう」

殿村の話を聞くと言う見込みが外れただけではなく、皆からあんな風に責められて、私だったら落ち込んでしまうところだが、さすがに莉菜はジャーナリストだった。こんなことでいちいち気落ちしていたら、取材なんかできないのだろう。

バス停で帰りのバスを待ちながら、莉菜は私に自分の考えを話した。

「自分がいつ死ぬか分からない状態なら、手紙やメモに認《したた》めておくのが普通だと思う。でも殿村はそれをしなかった。きっとそれは彼にとって恥ずべきことで、家族に見られる形で残しておきたくなかったのかもしれない。たとえ私たち宛《あて》の手紙だったとしても、勝手に見られる可能性はないとは言えない」

「本当は手紙があるのに、家族の方々がそれを隠しているのかも」

莉菜は少し黙って、

「その可能性はゼロではないけど、一旦保留にしましょう。あまりしつこく食い下がると、余計に態度を硬化させるから」

と言った。

「殿村さんが殺されたと思っているんですか？」

「私たちが来るタイミングに合わせたように、殿村は死んだ。誰かが彼の口を封じたのかも。もし手紙があって、あの家族がそれを隠しているのなら、口封じのために殺したと言う可能性は高くなる」

ひょっとして、私のためにそんなことを言っているのだろうか。私がもっと早くここに来れば、殿村が死ぬ前に情報を聞き出せたはず。だがもし彼が私たちが来るのを見計らって殺されたのなら、私は自責の念を感じる必要はなくなるのだ。

自意識過剰だろうか。

「これからどうなさるおつもりなんですか」

と私は訊いた。

「さあ、どうしましょう」

と莉菜は悪戯《いたずら》っ子のように笑った。

「今日のことも、いつかは本にして発表する。有力な情報提供者が急死するなんて、ドラマティックで読み物にしたら盛り上がるでしょう」

情報を得ることに失敗したとしても、その失敗を面白おかしく書けば無駄にはならないと言うことか。

莉菜はそれでいいだろう。でも私はどうなるのか。殿村から情報を聞けなかった時点で、私は莉菜にとって不要な人間になってしまうのではないか。それはもちろん仕方がないのだが、何となく寂しい。

その時だ。

「あの、すみません」

背後から声が聞こえた。振り向くとそこには、先ほど莉菜を見つめていた黒いジャンパーの男がいた。

「さっき祖父のことについて話していましたね」

「もしかして殿村さんの、お孫さんですか？」

男はうなずいた。

「お話したいことがあるんです。でも、ちょっと今抜け出せないので、連絡先をいただいてもいいでしょうか？」

殿村の孫は、私など眼中にない様子で、莉菜に話しかけている。協力してくれる家族の存在はありがたいはずだけど、私は彼に良い印象を受けなかった。莉菜をナンパしているんだ、とすら思った。

しかし莉菜は、うれしそうに微笑み、

「本当ですか？　ではこちらの番号に連絡いただけますか？」

と彼に名刺を差し出した。そんなことをして大丈夫だろうかと、私は気が気ではなかった。

私と莉菜は立川駅に戻るバスに乗った。

「アキさん、時間ある？」

私はうなずいた。

「多分、すぐに連絡来ると思う。彼、私に興味津々だったし、お祖父ちゃんの葬儀の準備に追われるほど、あの家族の中では重要な人物ではなさそうだったから」

「あんなに簡単に名刺を渡していいんですか？」

莉菜は、私に殿村の孫に渡した名刺を見せてくれた。名前と、携帯の番号と、メールアドレスが記載されただけの簡素な名刺だった。莉菜のような仕事をしている人間は、携帯を何台も持って用途に合わせて使い分けているのだろう。

「取材用に作った名刺。アキさんには、後でもっといいものをあげるから」

そう言って莉菜は、意味深に笑った。

立川駅前に戻ると、軽食が取れる喫茶店に入って、食事をしながら二人でしばらく話をした。こういう仕事をしてると男に言い寄られることが多く（さっきのように！）それで男性不信になっていまだに恋人がいないらしい。

莉菜の今までの仕事のことは、表層的なものに留《とど》めてあまり深くは話さなかった。

意識的に新村事件の話題を避けているように思えた。私を呼び出しておいて、何も収穫がなかったことに、彼女なりに後ろめたい気持ちを抱いているかのようでもあった。

一時間ほどそうしていると、莉菜の携帯電話が鳴った。やはり殿村の孫からの電話だった。あと三十分ほどで来られると言う。莉菜の予想通りだ。

三十分後にやってきた殿村の孫は、やはり私になど目もくれず、店に入るなり真っ直ぐに莉菜に近づいてきた。

「はじめまして。あなたのことは、祖父から聞いていました。お会いできるなんて光栄です」

その大げさな彼の態度に、店の客の中にも、莉菜に気づいた者がいるようだった。

「さっきは父や母が失礼しました」

「いえ、殿村さんが突然亡くなられたので驚いてしまって、私の方こそ失礼なことを申してしまったかもしれません。それでお話と言うのは？」

彼は大学三年生で就職活動中だと言う。不信感はあったが、新村事件の容疑者の孫、府中放火殺人事件の容疑者の孫、そして新村事件の捜査に当たった巡査の孫が一堂に介したのだなと思うと、感慨深かった。

「祖父とは、最近は会っていなかったけど、子供の頃は可愛がってくれました。テレビの特番か何かで、新村事件の事が取り上げられると、あの事件の捜査にお祖父ちゃんはかかわっていたんだぞと自慢げでした。あなたの本も全部読んでいました。やはり何か思うところがあったんだと思います。僕は正直、それほど関心はありませんでした。確かに大事件なんでしょうけど、他の昭和の事件、例えば、三億円事件なんかに比べれば地味なような気がして。あ、こんなこと言っちゃいけませんね」

新村事件が地味というなら、府中放火殺人事件などもっと地味だ。

「祖父は、僕をよく京王閣競輪場に連れて行ってくれました。ああいうところって屋台がたくさん出ていて、お祭りみたいで楽しいんです。でもそういうギャンブルの場に子供を連れて行くことを母は快く思っていなくて、いい顔はしませんでした。父は競馬とかやってるからまだ理解はあったんですけど、母親の手前やっぱりいい顔はできなくて、ちょくちょく祖父に小言を言っていました」

いったい何の話をしているんだろうと思ったが、莉菜は黙って聞いていた。

「その小言の合間に、祖父が父に言った言葉を今でも覚えています。その時は何も思わなかったんですけど、今でも覚えてるってことは、子供ながらに何か重要な意味があると思ったのでしょうか」

「お祖父さんはなんて言ったんですか？」

「新村事件の容疑者に競輪選手がいたと。だから競輪に興味を持ったそうです」

「競輪選手？」

私はつぶやいた。莉菜の祖父は競輪とは何の関係もないはずだ。

「新村事件にかんしては、大勢の容疑者が取り調べられました。にもかかわらず、その競輪選手だけ覚えてるって事は、よほど印象的だったんでしょうね」

と莉菜は言った。

「競輪選手って特殊な職業だから印象に残っただけじゃないですか？」

何か喋《しゃべ》らないといけないかなと思って、私は莉菜にそう言った。

「そうじゃない。だって殿村さんは、それで競輪に興味を持ち始めたんでしょう？よほど強い印象がなければ不自然だと思う。殿村さんは、その容疑者が怪しいと思っていたんじゃないかな。だから強く印象に残った」

殿村の孫は頷き、

「新村事件の犯人、自転車に乗りながら新村警部を撃ったんでしょう？　口で言うのは簡単かもしれないけど、結構難しいと思うんですよ。銃の扱いはもちろん、自転車に乗り慣れている人間じゃないと、できないんじゃないでしょうか？」

と言った。

莉菜も頷いた。

「確か目撃者は、逃走する犯人が腰を浮かすようにして自転車を漕《こ》いでいたと証言していました。競輪選手だったら、そういう漕ぎ方をするかもしれませんね」

私は莉菜が、殿村の孫と仲良さそうに話をするのが面白くなかった。莉菜は亡くなった祖父の冤罪を晴らそうと必死だから、信憑《しんぴょう》性など度外視して、どんな胡散《うさん》臭い情報にも飛びついてしまうのだ、とすら思った。

だが胡散臭くても情報は情報だ。私は莉菜の足手まといで、彼女が役立つ情報を何一つ差し出せないのだ。

「お祖父さん、具体的にその競輪選手が誰だか言っていませんでしたか？」

「さあ、そこまでは」

「残念ですね。それが分かれば、今現在の居所を探せたかもしれないのに」

そう言ってから、莉菜は伝票を持って立ち上がった。

「今日はどうもありがとうございました。払っておきますので、ゆっくりしていって下さい」

「え？　もうですか？　せっかく抜け出してきたのに。祖父の人となりとかを教えますよ」

「すいません。ちょっと予定が詰まっていまして。行こう、アキさん」

憮然《ぶぜん》とした表情の殿村の孫を尻目に、私も慌てて立ち上がった。

「私の事、口説こうとしてるわけじゃないと思うの。私の方がだいぶ年上だし」

店を出ると莉菜は言った。私の考えを悟られたようで、ドキっとした。

「お祖父ちゃん子なんでしょう。新村事件の知識は人並み以上にあるはず。大好きなお祖父ちゃんが死んだところに、新村事件を追っている私が現れて運命を感じたんじゃないかな」

「あんまり優しくして、誤解させたら可哀想、ってことですか」

莉菜はしばらく黙って、

「どうかな。アキさんがいなかったら、もう少しかまってあげたかも」

と答えた。どういう意味だろう。

「でも有力な情報が手に入って感謝しないとね。目処《めど》がついたら、お礼の手紙を送らないと」

「アフターケアはちゃんとするんですね」

「もちろん。たとえ相手に下心があろうとも、取材させてもらうんだから。アキさん？」

「は、はい」

「カラオケでも行こうか？」

歌をうたうためではなく、店を変えるためだという。繁華街ならどこにでもあるし、騒音で話を聞き取られる恐れがないから、よく利用するらしい。

カラオケの個室で、私は莉菜から携帯の番号と、メールアドレスと、住所が入った名刺を貰《もら》った。少なくとも殿村の孫よりも、私のほうが莉菜に一歩近いんだと、ぼんやり思った。

「でも困った。六十年前の競輪選手なんて、どう探せばいいんだろう」

莉菜は頭を抱えていた。助けてあげたいと思うけど、私にできることがあるとは思えない。

「競輪の協会に問い合わせるにも、漠然とし過ぎていて訊きようがないし」

「そうですよね。せめて名前でもわかればいいんでしょうけど、競輪選手ってだけじゃあ」

「新村事件が起こった昭和二十七年までに競輪選手の経験があり、府中近辺で取り調べられた人間。情報はそれだけか」

新村事件の専門家と言える莉菜でさえ、犯人が競輪選手だなんて思ってもみなかったのだ。手に入れられなかった情報の大きさを、改めて痛感する。

私はおずおずと言った。

「府中放火殺人事件の線から調べるのはどうでしょうか?」

莉菜ははっとしたように顔を上げた。

「殿村さんは、新村事件と府中放火殺人事件は同一犯の犯行だと思ってたんでしょう? つまり府中放火殺人事件の犯人も競輪選手ということになります」

「そうか、確かにそう」

「もし殺された金貸しの女性の客に競輪選手がいたら、新村事件の重要な容疑者になりますね」

府中放火殺人事件にかんしては、こちらも専門家が大勢いる。父や母、そして支援者たちだ。

莉菜が新村事件を解決するためには、私たちの手を借りなければならない。住所が入った特別な名刺をくれたのだから、莉菜は今後も私と会う意志があるのだろう。私のせいで殿村に会えなかった汚名返上をするチャンスだ。

カラオケ店から出たところで、莉菜と別れた。府中放火殺人事件の現場が近いから、取材をしてから帰るという。確かに私が言い出したことだが、あまりの行動力に驚いてしまった。

「でも、もう何も残っていないでしょう？」

「それでも現場の空気を感じることは無駄じゃないから。当時のことを知っている人がまだいるかもしれないし」

あなたも来る？　と莉菜が言い出したらどうしようと思ったが、そんな素振りは微《み》塵《じん》も見せなかったからホッとした。祖父が犯したとされる犯行現場など行きたくはなかった。黙っていれば分からないかもしれないが、莉菜の言う当時のことを知っている人がもしいたら、感づかれてしまうかもしれない。

　帰宅して、父と母に今日の一部始終を話した。ついに祖父の冤罪を晴らそうという気になったのか、と過剰に喜ばれて正直うっとうしかったが、莉菜のために背に腹は代えられない。

　すぐに両親は、知人らに電話をし、府中放火殺人事件に競輪選手がかかわっている可能性はあるか、と訊いていた。私は良い答えを期待して待った。しかし両親が夜までかかってあちこちに電話をかけても、そんな事実は確認できなかった。

5

「そう、残念ね」

「ごめんなさい」

「アキさんが謝ることじゃない。それに簡単に真実が分かってしまったら面白くないじゃない。面白い方が本が売れて、世間にアピールできる。祖父の冤罪を晴らすには、まず世論を盛り上げないと」

　莉菜は、純粋に真実を追究したいだけではなく、ビジネスのことや、いかに世間を味方につけるかを考えている。同じ身内の無罪を主張するにしても、両親より莉菜の方がずっと賢い大人のような気がした。

「あなたと殿村に会いに行った帰りに、私、現場の取材に行ったでしょう？　現場は駐車場になってた。ご近所に話を聞いたけど、ほとんど門前払い。殺人事件自体知らない住民もいたし。でも、森川ナカさんを知っているという人を見つけたの。時間も遅かったから少ししか話ができなかったけど、もう一度会おうと思っている。アキさんも来る？」

「いいんですか？」

驚いてそう言った。

「どうして？」

莉菜が聞き返す。

「私が一緒だとお仕事に邪魔だから、あの時カラオケの前で別れたと思ったんです」

莉菜は微笑んだ。

「私があちこち聞き回って、近隣住民に迷惑がられている姿を、アキさんに見られたくなかったの。慣れてるから今更何にも思わないけど、その姿を見られるのはまた別だから」

「大変なんですね」

やっぱり私がいると迷惑だってことだ。しかし私とて、莉菜が近隣住民に心ない言葉を浴びせられている姿を見るのは気まずい。

「でも、心配」

「何がですか？」

「私の祖父はいいよ。もう亡くなってるんだから。でもアキさんのお祖父さんは違う。正直、いつ死刑執行されてもおかしくはない。競輪選手の話だけでは、再審請求する証拠としては弱い。少なくともそれが誰だか突き止めないと」

正直、私は祖父の冤罪が晴れることは期待していなかった。もし実現できたら凄いことだけど、もう莉菜は私と会ってくれなくなるかもしれない。莉菜にとって私は、冤罪を主張する死刑囚の孫だからこそ価値があるのだ。

もちろん、内心はどうであれ、一応祖父を心配するような素振りを見せたことは言うまでもない。

「祖父の事件に競輪選手がかかわっている可能性を両親に教えましたから、今後何か分かるかもしれません」

「ありがとう。期待してる。そちらの支援グループも、お祖父さんの冤罪を晴らす証拠を探しているでしょうし」

「私、考えたんですけど、殿村さんの担当はあくまでも新村事件であって、府中放火殺人事件ではないですね」

「ええ」

「それなのに、どうして、取り調べた競輪選手が府中放火殺人事件にかかわっていると思ったんでしょう？」

「釈放した後も、怪しいと思ってマークしていたんじゃないかな」

「もしそうだとしたら、いくら担当じゃないと言っても、府中放火殺人事件の方にも重要な容疑者として、その競輪選手が浮上してもいいと思うんです。でも誰もそんな競輪選手知りません」

　莉菜はしばらく考え込み、そしておもむろに、

「新村事件と府中放火殺人事件の両方に競輪選手が関係していると、殿村だけが知っていた」

　と言った。

　私は頷いた。

「もしかしたら、殿村さんのプライベートに秘密があるのかもしれません。殿村さんが遺書を残さず、私たちに直接口頭で伝えようとしたことも、それを証明していると思います」

「殿村自身が、どちらかの事件に関与していると？」

「さあ、それはどうでしょう。ただ殿村さんは、いろんな意味で事件についての秘密

を握っている人だったと思います」

自分で口に出して言うと改めて、もたもたしていて殿村から話を聞きだせなかった自責の念に囚《とら》われる。しかし莉菜は、そんなこと少しも触れずに、

「アキさんと話してると参考になる。やっぱり同年代だからかしら」

と言ってくれた。本当は私が今話したことぐらい莉菜にだって分かっているのだろう。だけど、そう言われて悪い気はしなかった。

「じゃあ、やっぱり殿村の家族は避けては通れないか」

そう莉菜は、一人つぶやくように言った。

その時部屋のドアがノックされた。返事をすると、母が二人分のコーヒーとケーキを持って部屋に入ってきた。未だかつて見たことのないような愛想笑いを浮かべている。有名人の莉菜が娘に会いに来て舞い上がっているのだ。

「本当に、アキとお友達になってくれてありがとうございます」

そう言って母は、莉菜に深々と頭を下げた。私は顔から火が出る思いだった。これが普通の友達だったら、すぐに母を追い出すところだが、莉菜が両親と直接話がしたいと言うので、喫茶店ではなく家に連れてきたのだ。

「本当はアキさんを通してお願いしようと思ったんですが、やはりちゃんとご挨拶するのが筋だと思いまして」

そう莉菜は母に言った。

「どなたも、競輪選手に心当たりはないそうですね」

「はい。私もアキに聞かされて驚いたくらいです」

「でも一人だけ話を聞いてない人がいるんじゃないですか？」

「はい？」

「お父様、豪さん本人です」

「あ」

母はそう、今思い出したような声を発した。

「でも義父が、競輪選手のことを証言したという記録はどこにもなかったんです」

「ええ、分かっています。ただ豪さん本人が、そのことを重要だと思っていなかった可能性はあるんじゃないでしょうか。誰も訊かなかったから、答えなかっただけで」

「だけど六十年以上も前のことでしょう。記憶が残っているのかな」

と私は言った。

「残っているかいないかは、会ってみれば分かる。私は面会できないから、こうして親族の方々にお願いしたいんです」

莉菜は私と母に言った。

「そうね。じゃあアキもこの機会にお祖父ちゃんと――」

私はうつむいて黙り込んだ。

せっかく友達ができたと思った。でも結局、死刑囚の孫という立場を借りなければ、友達を作ることすらできないことを思い知らされただけだった。

「アキ？」

「私は嫌」

「あなたまだそんなこと言ってるの？　せっかく泉堂さんがいらしてくれたのに」

一度でいいから、母は祖父に孫の私を会わせたいのだ。いつ死刑執行されるのかわからないのだから。

莉菜は静かに私を見つめているだけだった。

私と、死刑囚の祖父と、どっちが大事なの？　そう莉菜に訊きたかった。

「お母さん。しばらくアキさんと二人だけにしてくれませんか？」

「ええ、それは構いませんけど——」

母は何か言いたそうな素振りを見せたが、結局何も言わずに部屋を出て行った。

「アキさん」

と莉菜が私の名前を呼んだ。それをきっかけに、言葉が溢《あふ》れ出た。

「一度もあの人に会ったことない。会いたいとも思わない。莉菜さんはお祖父ちゃんと面会したことあるの？」

「何度かね。優しかった。この人が拳銃で人を撃ったなんて信じられなかった」

「莉菜さんのご両親は、お祖父ちゃんの冤罪を晴らそうと必死？」

「私が世論を盛り上げたから、最近は私のやることを応援してくれる。でも昔は、祖父が真犯人だろうとなかろうと、世間を騒がせたのは事実だから、人目を忍ぶようにして静かに生きていた。私が祖父の事件に関心を持つようになったのは、祖父の冤罪を晴らすというよりも、事件自体に関心があったんだと思う」

　新村事件は大事件だ。教えられなくとも、詳細を知ることは簡単だったはずだ。両親が必死だった私とは違う。

　莉菜の両親と、私の両親は正反対だ。だから私と莉菜も正反対なのだ。

　明るくて、暗くて、綺麗《きれい》で、垢抜けなくて、利発で、どんくさくて。

「莉菜さんはいいよ。だって自分の意思でお祖父ちゃんの冤罪を信じているから。でも私は違う。両親は私に、お祖父ちゃんが冤罪だと無理やり信じさせようとしている。両親だけじゃない。死刑反対運動にかかわっている訳のわからない人たちも沢山現れて、私を運動のシンボルみたいに祭り上げようとしたり——そんな目にあったら、死刑囚の祖父を信じようなんて気持ちは失せるよ」

　莉菜は静かに微笑んで、

「私も、その訳のわからない人たちの一人だと思う？」

と訊いた。私は答えることができなかった。

「じゃあ、お祖父さんの面会にはご両親に行ってもらいましょう。正直、アキさんに行ってもらえれば、後で印象を聞けるから参考になるんだけど、絶対に必要ってことじゃないんだから」

私は頷いた。莉菜が、祖父と会わないという私の選択を認めてくれて、心底ほっとした。

莉菜には悪いけれど、やはり私は祖父には死刑になって欲しかった。祖父の冤罪を晴らす、その両親の願いが潰れてしまえばいいと思った。

両親は、祖父の冤罪を晴らすことしか頭にない。あんな両親に育てられなければ、私も莉菜みたいになれたかもしれないのに。


その後、東京拘置所に死刑囚として収監されている祖父に、両親と弁護士が面会に行った。弁護士と同行すれば、面会の際、看守の立ち会いを拒否できるのだ。

府中放火殺人事件に新村事件がかかわっていると言う情報は未だかつてなかった。しかし発生した時期、そして場所がそう離れていないので、祖父は新村事件のことも名前くらいは知っていた。

『新村事件を調べている、泉堂莉菜さんって方と知り合ったんだ。新村事件の容疑者の中に、競輪選手がいたようだよ。お父さん賭け事が好きだったでしょう？　何かそういう噂聞いていない？』

と父は祖父に訊いたそうだ。今ほど娯楽が多い時代ではないので、祖父は京王閣競輪場にはよく足を運んでいたと言う。

するとと祖父はまるで当たり前のように、両親と弁護士に言ったという。

『殺されたあの女の男が、競輪選手だった』

被害者の金貸しの女性は独身だった。つまり彼女の恋人だか、愛人だかが、競輪選手だったのだ。

事件当時に現役選手だったのか、との問いには、

『あの女に、あんたの男は京王閣にはいつ出走するのかと訊いたが、今はもう走ってないと言っていた』

と祖父は答えた。

なぜ今までその情報を言わなかったのかと、両親たちは祖父に問いただした。しかし新村事件と府中放火殺人事件を関連付けて考える者など今まで一人もいなかったから、仕方のない面もあった。

二つの事件に共通して登場する競輪選手が別人という可能性もなくはないが、もしそうだとしたら偶然が重なりすぎている。競輪選手は、どこにでもいるようなありふ

れた職業ではない。

『ありふれた職業だと司法は判断するかもしれない』

と携帯の向こうで莉菜は言った。

『自称競輪選手だったのかも。京王閣競輪場も近いし、当時は何の資格もいらなかったらしいから』

「うん――」

祖父と面会した両親の話を聞いた私は、新たな情報が手に入ったことで興奮した。しかし、莉菜に軽くあしらわれて意気消沈してしまった。

『日本で競輪が始まったのは、昭和二十三年。そのころは登録すれば誰でも競輪選手になれた。でも事故が多発して危険だから、日本サイクリストセンターという学校を作って、卒業生しか競輪選手になれないようにした。それが昭和二十五年のこと。その競輪選手が学校に入学したのかは分からないけど、昭和二十七年の新村事件の時点では競輪選手は辞めていたかも』

だが培った自転車のスキルは無駄にはならなかった。自転車に乗って新村警部を撃ち殺したのだから。

「その日本サイクリストセンターは、今どうなってるんですか?」

『名前が変わって日本競輪学校になってる。問い合わせることはできるけど、経験上、学校はどこも生徒や卒業生の個人情報は教えてくれない。協力してくれたとしても、あまりに古いことだし、名前すら分からないんじゃ雲をつかむような話」

「そうですね――」

仮にその競輪選手が、資格のいらなかった昭和二十三年から二十五年の間に活動して、その後、学校に通わずにそのまま引退していたら、まったく打つ手はないのだ。

『そんなに深刻そうな声出さないで』

そう言って莉菜は笑った。

『私だって、アキさんのお祖父さんの証言は聞き捨てならないと思う。ただ、それを根拠に再審請求しても、まず棄却されるでしょう。証言を足がかりに、もっと具体的に証拠を集めないと』

「はい」

私は莉菜の言葉に頷いた。

『新村事件の容疑者の中に、競輪選手がいた。そして、府中放火殺人事件の被害者の恋人が競輪選手だった。現状分かっているのはそれだけか』

「ひょっとして、祖父が適当なこと言ってるのかも」

水を差すようだが、その疑惑は私の心の中にくすぶっていた。

「六十年間も閉じ込められてるんですよ。記憶も曖昧になっていると思うし、精神状態だって普通じゃないかも。両親が、競輪選手というフレーズを出したから、条件反射でそんなことを言った可能性もあります」

『そうかもしれない。でも、仮にそうであったとしても、それしか手がかりがないんだから追究するべきだと思う』

莉菜は、本や記事を書くことが仕事だから、たとえ真相にたどり着けなくとも、その過程が面白ければ良いという考えなのだろう。それに彼女の祖父はもう亡くなっている。時間の制限はない。仮に私の祖父が間に合わなくて死刑になってしまっても、もちろんジャーナリストとして悔しいだろうけど、所詮人事だ。

『府中放火殺人事件の被害者の周辺を調べれば、何か分かるかも知れない』

「森川ナカさんですか?」

『ご両親や支援者の方々は、森川ナカさんの人となりを調べた?』

「いいえ。皆、彼女からお金を借りた人たちの中に犯人がいると思ってましたから」

『犯人が誰であれ、動機は借金の踏み倒しだと、皆、思っている。でもそうじゃなくて、森川ナカさんのプライベートに動機があったとしたら? 恋人だなんて、いかにも何かありそうじゃない』

莉菜はそう興味深げに言った。本当に、特ダネを追い求めるジャーナリストの口調そのものだった。

しかし私は違和感を覚えた。新村事件は暗殺というか、政治犯的な匂いがする。犯人は銃の扱いにも慣れた暗殺者だ。そんな人間が、痴情のもつれで恋人を殺すなんて想像ができないのだ。

『前に話した人に会ってみない？』

「森川ナカさんの知り合いという人ですか？」

『そう。あなたの話をしたら、ぜひ会いたいと言っていた』

私はしばらく黙った。

『アキさん？』

「冤罪を訴えていますけど、祖父は世間的には死刑囚です。私は、森川ナカさんを殺した男の孫なんですよ。どんな顔をして会えばいいのか分かりません。殿村さんは刑事だからまだいいけど、その人は被害者の知人なんでしょう？」

『どの程度親しい間柄なのかは分からないし、少なくとも親族ではないのは確か。金貸しをしていたから、彼女が死んで喜んでいる人は大勢いたはずですって。人権感覚が希薄だった昔の話だから、冤罪の可能性は否定できないと言っていた』

悩んだ末に、私はその森川ナカの知人という人物に会うことに同意した。祖父との面会は拒否したのに、と自分でも思うが、どういうつもりで私と会いたいのだろうという好奇心があったのだ。

もう六十年も前の事件だ。祖父の冤罪を晴らすのは並大抵のことではないし、真犯人を見つけるのはもっと難しいだろう。

祖父が死刑になれば、すべては丸く収まるのだ。ほとんどの被害者遺族は犯人を恨み、死刑にしてくれと願う。遺族側が犯人の冤罪を主張するなどという話は聞いたことがない。親族ではないというが、その森川ナカの知人は、何を以って祖父の冤罪の可能性を主張しているのだろう。莉菜に話を合わせただけなのだろうか。

それに、また莉菜と二人っきりでどこかに行くのは悪くないと思った。祖父との面会には莉菜は同行できないが、彼女の取材に私が付き合うのは何の問題もないのだ。彼女と再び会える。そう思うと微《かす》かに胸が高鳴った。

6

美容院で髪を切った。本当は莉菜のようなショートカットにしたかったが、明らかに真似をすると、莉菜が不快になると思ってためらわれた。

まつ毛まで届かんばかりの長い前髪を切った。それだけで世界が明るくなった気がした。短くはしたくないけれど、活発に見える髪型がいい、と相談したらアップにするのを勧められた。

鏡の中の自分は、莉菜の隣がとても良く似合うような気がした。

「あら、ポニーテールにしたの？　似合ってるわね」

職場に行くと、事務のおばさんにそう言われた。

「恋でもしてるの？」

「はい」

私は思わずそう答えた。そして自分で言ったその言葉に、呪縛された。女同士だし、そんなことは夢にも思わなかった。でも、一緒にいると楽しい。隣にいるだけで胸が高鳴る。それは恋とどう違うのだろう。

約束の日曜日、府中駅の南口で莉菜と会うと、

「今日のアキさん、綺麗だね」

と莉菜が言ってくれた。震えるほどの喜びを感じ、私は事務のおばさんとの会話を思い出した。あんな会話をしなかったら、私はこの胸のときめきを、単純に有名人の友達ができて舞い上がっているだけだと思えたのに。

挨拶もそこそこに莉菜はツカツカと歩き出した。私も慌てて後を追う。私たちが向かっているのは宮町という地域で、高級住宅街というほどではないが、それなりに地価が高い。被害者は金貸しをやっていたから、財産は人よりあったのだろう。

「その人、殿村さんみたいに、私がいなければ話をしないって言ってるんですか？」

「そうじゃないわ。最初、私のことをあなただと勘違いしていたみたい。それで黙っているだけで、色んなことを教えてくれた。アキさん？」

「は、はい」

「そのまま、私があなたになりすまして話を聞いても良かった。でも、やっぱりそれは彼女を騙《だま》すことになるから。不正に取材したと糾弾される恐れがある」

「そんなこと、黙っていれば分からないいんじゃないですか？」

「いいえ。私はジャーナリストよ。普段人を批判しているからこそ、自分は清廉潔白でなければならない。職業倫理っていうのはそういうもの」

そう厳しい顔で語ってから、

「なんてね」

と笑みを浮かべた。

「確かにそういう理由もある。でもそれだけじゃなく、今日あなたに話を聞いてもらって、そちらの支援団体の人たちの意見を聞きたいの。もしかしたら、とっくに把握している情報かもしれないし」

私は、分かりました、と頷いたが、内心複雑な気持ちだった。だったら私じゃなく両親を誘った方が効率的だった、という理屈になるのではないか。

——何故、両親を誘わなかったのだろう？

私は単純に莉菜と一緒にいられて嬉しいから、どんな理由で呼び出されても構わない。一方、莉菜は仕事だから効率が最優先のはずだ。それでも今日私を誘ったのは、莉菜も私のことを憎からず思っているからだろうか？

莉菜はいったん立ち止まった。何の変哲もないコインパーキングがそこにはあった。

「六十年前、ここで殺人があったことすら知らない人もいた。変なこと言うな！　って怒鳴る人や、そんなこと知りたくなかったのに、って私を責める人まで。皆、自分が住む地域で殺人事件があったことに、いい気持ちはしていない。たとえ何十年も前であっても」

近所なのに、私は来たのが初めてだった。殺人という禍々《まがまが》しい出来事も、時間がすべて消毒してしまうのだなと思い、私は暫し呆然《ぼうぜん》とコインパーキングを見つめていた。

莉菜に案内されて、森川ナカの友達が一人で暮らしているというアパートに向かった。この地域に何十年も住んでいるというから、台風が来たら飛ばされそうなボロボロの住居を想像していた。しかし目の前に現れたのは、地価が高い地域にふさわしい小綺麗なアパートだった。

表札には『朝比奈《あさひな》』とあった。莉菜はインターホンを押し、勝手に玄関のドアを開けた。

「京子《きょうこ》さん、いらっしゃいますか。泉堂です」

そう部屋の中に呼びかけると、

「はい、いらっしゃい」

という柔和な女性の声が聞こえた。私はどこかホッとした。気難しい相手で、祖父の罪を責められたらどうしようとビクビクしていたからだ。

「お邪魔します」

莉菜は勝手知ったる様子で部屋の中に上がり込んだ。もしかして、もう何度も訪問しているのかもしれない。玄関のドアを閉め、私も莉菜に倣う。

現在、八十四歳の朝比奈京子はこの部屋で一人暮らしをしているらしい。夫に先立たれ、子どももいないという。そんな孤独な暮らしをしているところに、莉菜のような若者が訪ねて来たら、それは嬉しいだろう。

年寄り臭い部屋を想像していたが、部屋の内装はどことなく暖色系で、京子も花柄のピンクの洋服を着ている。正直似合わないと思ったが、人生の晩年くらい好きな服を着させてあげたい。

おかまいなく、と言ったが京子は私たちをもてなすためにキッチンに立った。慌てて莉菜も立ち上がり、京子を手伝う。私も何かやった方がいいのか、と思ったが、何となくそんな気になれず、ずっと座っていた。一応、二人には、やらせてご免なさい、と謝る。

大福でも出してくれるのかと思ったが、ドーナツだった。しかし飲み物が日本茶だったのでやはりお年寄りだな、と感じた。

「こちらの方？」

京子は私を見て、莉菜にそう言った。

「そうです。立石豪のお孫さんの、アキさんです」

「そう、この人が」

京子は目を細めて私をジロジロと見た。

「本当に大変ね。お祖父さんが刑務所に入れられて」

「祖父がいるのは刑務所ではなく拘置所です」

私は訂正したが、無視された。

「良かったわね。これで刑務所から出られるわ。おめでとう！」

私は、戸惑い、莉菜を見やった。莉菜は平然と京子に言った。

「京子さん。私にした話を、もう一度この方にして欲しいんですけど」

「ええ。何度でも言うよ。六十年間、ずっと胸に秘めてきたんだよ」

「京子さんは被害者の森川さんの友達だったんですね？」

京子に話させる一方では私が理解し難いと感じたのか、莉菜が程度に口を挟んで、京子の話のサポートをする。

「友達って言っても、歳がだいぶ違ったからねえ。三十は離れてたんじゃないかな。私は二十歳そこそこで、一人で立派に生きてる女性だな、ってナカさんに憧れてたんだよ」

「親しくされていたんですね?」

「ん、まあ。あたしが勝手につきまとっていただけだけどね。ナカさんは毅然《きぜん》として格好良かったんだよ」

「京子さん。あなたが立石豪が真犯人ではないと仰る理由を聞かせてくれませんか?」

京子は頷いた。

「ナカさんの恋人が、事件後、いなくなっちゃったの。きっと後ろめたいことがあるんだ」

「その恋人が、真犯人だと仰るんですね」

「もちろんそうだよ。私知ってるんだ。ナカさん、その男の秘密を握って、いいなりにしていたんだよ。そうでなきゃ五十過ぎの女に、あんな若い男がくっつくはずがないからね」

そう言って、京子は、クックック、といやらしい笑い声を上げた。

「秘密ってなんですか?」

初めて私が、京子に質問した。

京子はじっと私の顔を見て、こう言った。

「どこかの警部を撃ち殺したんだよ」

事前に莉菜から教えられていたものの、やはり第三者の口からその話を聞くと衝撃は少なくなかった。

「その恋人というのは、競輪選手ですか？」

「そうだよ。自転車に乗って警部を撃ったたって言うじゃないか。そんな芸当ができるのは、あの男だけだよ」

思わず莉菜を見た。莉菜は私に頷いた。

殿村に呼び出された時点では、府中放火殺人事件と新村事件が本当につながっているのか、半信半疑だった。しかし遂に、具体的な証人を見つけたのだ。

「どうして、森川ナカさんは、その男が犯人だと分かったんですか？」

莉菜が訊く。

「犯人だと分かったと言うよりも、その人、警部を撃ち殺した罪で警察に捕まったのよ。犯人じゃなかったら捕まらないでしょう？　だからナカさんが牢屋から出してあげた」

「牢屋から出してあげたって、ナカさんにそんな権限はないですよね」

思わず私は言った。京子は意味が分からないといったふうに、私を見つめた。

「どうやって、ナカさんがその人を牢屋から出してあげたんですか、って意味です」

莉菜が私の質問の補足をしてくれた。

「その男が警部を撃ち殺せなかった、と証明したんだよ。えーと、アリ、アリ――」

「アリバイですね」

「そう、それ！　事件が起きた時には、その男と一緒にいたって、警察に嘘ついたの。もうナカさんの言いなりになるしかないでしょう?」

「嘘だったんですか?」

「そうよ。ナカさん、その男に恩があってね。米兵に襲われていたところを、助けてもらったんだって」

「どうして襲われたんですか?」

「あれよ。乱暴目的！　昔は米兵さんやりたい放題だったから、ナカさんも危ないところだった。きっとナカさんにとって、その男はヒーローみたいに見えたに違いないんだよ」

ヒーローという言葉に力を込めて、京子は何がおかしいのかケラケラと笑った。今風の格好いい言葉だと思っているらしい。

「五十過ぎの女性が襲われるなんて――いえ、何でもありません」

言いかけて私は止めた。相手は米兵だ。日本人の女性が実際の年齢よりも若く見えたのかもしれない。

「その男は裁判にかけられたんですか？」

「そこまではないようね。単に取り調べを受けただけ」

「新村事件では沢山の容疑者が調べられたはずです。そういうことがあったからと言って、その男が真犯人という証拠にはなりませんよね？」

たまたまアリバイがなくて疑われた容疑者など、他にも沢山いるだろう。森川ナカがいなければ、莉菜のお祖父さんではなく、その男が冤罪で犯人にされていたかもしれない。

「アキさん。考えてもみて。もしその男が犯人でなかったとしたら、どうして森川ナカさんの言いなりになったの？　やましいことがあるからでしょう？」

「どうしてそう思うんですか？　自分のアリバイを嘘をついてまで証言してくれた、ナカさんに感謝して交際を始めたのかもしれません」

五十代の女性が二十代の男性と交際してもいいではないか。もしそうでなくとも、端から見ていた京子が親密な関係と決めつけただけという可能性もある。

「別に言いなりになったんじゃなく、純粋にお互い好きあったとしてもいい」

莉菜は私の考えを悟ったかのように、そう言った。

「動機はいろいろ考えられる。重要なのはね、新村事件と府中放火殺人事件の接点ができたということ。その男が新村事件の真犯人かどうかはまだ分からないけど、かなりの重要人物だと思う」

「どうして？　だって沢山の人が取り調べられたのに――」

「分からない？　何故殿村は死ぬまでその男のことを覚えていたんだと思う？　競輪選手というだけで何十年も記憶に残るものかな。きっとかなりの確信があって取り調べていたんでしょう。でも、森川ナカさんがアリバイを証言して釈放せざるを得なかった。悔しかったに違いない。だから、自分の死期が近いことを悟り、悔いの残らないよう私にコンタクトをとった」

だとしたら殿村は、殺された森川ナカを知っていたことになる。当然、新村事件で取り調べた競輪選手が怪しいと考えただろう。しかし、府中放火殺人事件の犯人として祖父が逮捕されてしまった。殿村は、祖父の犯行を否定するほどの証拠を持ってはいなかった。そもそも担当ではなかったのかもしれない。しかし、殿村は森川ナカが証人と被害者としてかかわった二つの事件を、生涯忘れることができなかった。

「その男が望んでナカさんと交際を始めたのかは分からないけど、どうであれナカさんに弱みを握られたのは事実。アリバイの偽証をバラされたら、また厳しい取り調べが待っている。やむを得ず彼女を殺し、どこかに逃げた。そして、たまたま彼女に借金があったアキさんのお祖父さんが犯人にされた。それが府中放火殺人事件の真相だと思う」

　私は黙った。

　莉菜は凄《すご》いと思う。父や母や支援者たちが祖父の冤罪を晴らそうとして、今まで何十年も戦ってきたのに、森川ナカの男の存在に気づかなかったのだ。それなのに莉菜は府中放火殺人事件を調べ始めてすぐに、こんな重大な証言を手に入れることができたのだ。

「京子さん。その男と会ったことがあるんですよね。名前は分かりますか？」

「ナカさんがその人といる時は、私は遠慮してあまり顔を出さないようにしていたからね。よく分からないんだ。詮索もしなかった。だけど、下の名前は耳にしたことがあるんだ。ナカさん、その人のことをコウイチさんって呼んでた」

7

「コウイチというのは、たぶん、当時活躍していた競輪選手の大野浩一《おおのこういち》に違いない」

　白い喉を脈動させ、ごくごくと美味《おい》しそうにジョッキのビールを半分ほど飲んでから、莉菜は言った。

彼女のことだ。先日、京子から話を聞いてから、すぐにコウイチが誰だか調べたのだろう。本当は莉菜はもう朝比奈京子と会う必要はなかったのだ。重要な情報はもうとっくに手に入れているのだから。

「私、莉菜さんの足手まといになっていませんか――？」

「え？　どうして？」

「この間、殿村さんと会えなかったこともそうだけど、私なんかいない方が、もっと効率よくお仕事ができるんじゃないんですか？」

莉菜はまるで、子供をなだめる母親のような笑みを浮かべ、

「アキさんには府中放火殺人事件の支援者代表として、私の取材に同行してもらいたいの。私の取材に不備がないか、証人になって欲しいから」

と言った。

「不備なんて、そんな――」

「いいえ。私はあくまでも新村事件を専門にやってきた。府中放火殺人事件については素人同然。だから、私が無知で行き過ぎた取材をしてしまった時に、手綱を握ってくれる客観的な人物が必要なの。それがあなた」

「でも、私なんて――」

「迷惑？　仕事で忙しくて時間がとれないとか？」

「いえ、そんなことはないんです！」

「そう、良かった」

そう言って莉菜は、今度は子供そのもののような満面の笑みを浮かべた。

テレビで観る莉菜は、あくまでも利発で美しいジャーナリストというだけに過ぎなかった。まるで雲の上の人だったのだ。それがこうして実際に会って、自分が彼女からいろいろな表情を引き出しているなんて、信じられなかった。莉菜に選ばれただけで感謝しなければならない。そう私は思う。

私たちは、以前も行ったカラオケで歌もうたわずにビールを飲んでいた。昼間からアルコールなんてと躊躇《ちゅうちょ》する私に、二つの事件の接点が見つかったお祝いだと莉菜が勧めてくれたのだ。

決してお酒は得意じゃないけど、私とて莉菜の仕事が順調に行けば嬉しいから、水を差す訳には行かず、ナッツをかじりながら、啜《すす》るようにビールを飲んだ。

「京子さんの言うコウイチと、大野浩一さんという人が同一人物であると証明できるんですか？」

私が莉菜の手綱を握る役割なら、こういう指摘も必要だと思って、あえて言った。

「私の知人に、スポーツ新聞で記事を書いていた人がいる。今は引退しているんだけど、競輪の記事も担当していたから詳しいんじゃないかと思って。昭和二十年代に活躍していた、コウイチという競輪選手に心当たりありませんかって訊いたら、すぐに日本競輪選手会のOB会に問い合わせてくれた。大野浩一。昭和二十三年から二十五年まで活動していた。一応、日本サイクリストセンターに入学したみたい。成績は悪くなかったらしいけど、入学して一年後に学校を辞めた。それから競輪の歴史の中に、大野浩一の名前は出てこない」

「どうして辞めたんですか?」

「それは分からない。当時の日本サイクリストセンターは調布にあったんだけど、そこからまた府中に戻ってきて、米兵に襲われている森川ナカさんを救った」

私はしばらく黙り込み、そしておもむろに言った。

「GHQからスカウトされたから、学校を辞めたんでしょうか」

莉菜は頷いた。

「私もそう思う。GHQは心身ともに強靭《きょうじん》な人間に目を付けていたのかもしれない。競輪選手なら、身体能力に優れていたと思うし」

「その大野浩一という人は、今、どこでどうしてるんですか?」

「やっぱり生徒の個人情報をむやみやたらに明かすわけにはいかないみたいだから、向こうでまず大野浩一とコンタクトをとって、取材可能かどうか訊いてみるって。でも住所は分かるけど、何しろ六十年前のものだから。表記は変わっているだろうし、見つけ出せたとしてもそこに住んでいる保証はまったくない」

「生きている保証も」

と私は言った。莉菜も頷く。

「とにかく、この情報をそちらの支援者の皆さんに伝えて。再審の根拠としては弱いのは百も承知。でも死刑を回避するには、再審請求し続けるのが重要だから」

「――やっぱり凄いですね。莉菜さん」

「何が？」

「だって、父や母の活動の詳細は私にも漏れ伝わってきますけど、競輪選手が重要だなんて聞いたことがありません。それを莉菜さんが調べた途端に、あっという間に新事実が見つかった」

莉菜は微笑んだ。

「私は府中放火殺人事件にかんしては部外者だから、当事者の方たちとは、別の視点で事件を見られるってだけ。アキさんに私の手綱を握って欲しいっていうのは、そういうこと」

私も微笑んで頷いた。そして莉菜には言えないけれど、府中放火殺人事件と新村事件の真犯人なんて、見つからないままでいいと思った。そうなれば、莉菜はずっとこの事件にかかわり続け、私も莉菜に必要とされ続けるのだから。

莉菜はビールを飲み干し、言った。

「でも、のんびりと日本競輪選手会のOB会の調査報告を待っている訳にはいかない。こっちも動かないと」

「どうするんですか？」

「さっき言った元スポーツ新聞記者のつてを辿《たど》って、私もあちこち調べてみるつもり。とりあえず、ホームページで大野浩一を知っている人を呼びかける。OB会の調査報告が出る方が早いかもしれないけど、もともと雲をつかむような話なんだから、思いつく限りのことをやらないと」

　それからしばらく他愛ない話をして、莉菜と別れた。私は自分で払うと言ったけど、莉菜がビール代を奢《おご》ってくれた。私はありがとうございます、と莉菜の手を取って頭を下げた。莉菜は一瞬驚いたような顔をしたけど、アルコールで気分が大きくなっていると思ったらしく、どういたしまして、と返してくれた。

　ただでビールが飲めたことよりも、莉菜の手を握る口実ができたことの方が嬉しい。ジャーナリズムなんて男が幅を利かせてる世界なんだろうけど、そこでたくましく生きている莉菜の手を、私は何となくゴツゴツしていると想像していた。しかし実際の彼女の手のひらは、ふわふわとぬいぐるみのように柔らかかった。

　帰宅すると、私はしばらく自分の部屋で、莉菜の手の感触を思い出し、一人多幸感に浸っていた。しかし、それが徐々に冷めてゆくと、果たしてホームページで大野浩一を探すという行為は正しいのか、と思い始めた。

数日後、莉菜のホームページに、元競輪選手の大野浩一を探しているというお知らせが出た。新村事件のことには、いっさい触れていなかった。しかし、莉菜が新村事件を追っているジャーナリストなのは皆が知っている。私が心配したのは、本当に大野浩一が真犯人だとしたら、余計に現れないのではないか、ということだった。もちろん、既に死んでいたら現れるもなにもないのだが——。

だがあの莉菜のことだ。ちゃんと考えがあるに違いない。たとえ私が莉菜の暴走を止める役割があるとしても、ネットで大野浩一の所在を探すに代わる手段など、見当もつかないのだから。

莉菜が正しいことが証明されたのは、それから更に一週間後だった。

8

『新村事件以降の大野浩一の足取りが分かった。北海道に飛んだらしいの』

「北海道？」

その地名が少し唐突に響いた。新村事件にも、もちろん府中放火殺人事件にも、北海道を感じさせる要素は一つもなかったのだ。

『あ、飛んだって言うのは比喩的表現。当時は飛行機が特別な乗り物だったから、汽車で青森まで行って、そこから津軽海峡を青函連絡船で渡ったのかな？　とにかく大野浩一はそこで家族を作った』

「じゃあ、大野浩一は今、北海道に住んでいるんですか？」

『それが分からないの』

莉菜は残念そうに言った。

『娘さんの結婚とほぼ同時に失踪してしまったみたい。娘さん、今でもお父さんを探しているから、たまたま私のホームページを見つけて、連絡をくれたの』

一週間という短い期間で大野浩一の足取りがつかめて、私は驚いた。泉堂莉菜というジャーナリストは知名度があるんだな、と思ったが、それだけでなく、向こうも大野浩一を探していたという理由も大きかったのだ。

「新村警部とナカさんを殺したから、北海道に逃げたってことですか？」

『そうだと思う。本当は新村警部を殺した時点で逃げるはずだった。でもナカさんに弱みを握られて逃げるに逃げられず、結局、ナカさんをも殺さざるを得なかった』

「何だか、皮肉ですね。大野浩一が米兵に襲われているナカさんを助けないで見逃していれば、大野浩一は逮捕されていたってことでしょう？」

そして府中放火殺人事件は起きず、祖父が罪を着せられることもなかった。

「襲われている女性を助けるのは崇高な行為のはずなのに――」

『新村警部を殺すのも、崇高な行為だと思っていたでしょうね。政治犯はみんなそうよ。でも忘れちゃいけない。大野浩一がしでかした事件のせいで、私やアキさんのお祖父ちゃんは冤罪を被り、私たちは世間から人殺しの孫と罵られている。そんな間違いは絶対に正さなきゃいけない』

電話の向こうの厳しい顔をした莉菜が見えるようだ。私は携帯を握りしめ、

「――はい」

と頷いた。

『私、大野浩一の娘に会いに行こうと思う。アキさんもどう？』

莉菜は当たり前のようにそう言った。

「私が？　北海道まで？」

『そう』

「他に誰が来るんですか？」

『誰も来ないよ。編集者に同行させるジャーナリストもいるけど、私は一人の方が気兼ねなく動けるタイプだから』

「だったら尚更、私なんて――また足手まといになるかもしれないし」

私がいるせいで迅速に行動できず、結局殿村から重要な情報を聞き出せなかったのだ。そんな過ちを繰り返さないためには、私が莉菜の取材に付き合わないに越したことはないのだ。

しかし、莉菜は熱心に私を誘った。

『大野浩一は、新村事件と府中放火殺人事件の真犯人かもしれない。私とアキさんは、彼に冤罪を着せられた孫という共通点がある。私一人だと、片割れみたいなものだもの。アキさんが一緒にいてくれた方が説得力が違う』

片割れという言葉が胸に響いた。ならば私も莉菜の片割れなのだ。

私と莉菜は、二人で一つ。

莉菜の取材に同行するのをためらった理由は、莉菜に迷惑をかけたくなかったからだ。本音を言えば、私だって莉菜と一緒にいたい。しかも彼女と旅行できるなんて夢のよう。

有給は残っていたし、仕事はいっそ辞めてもいいとすら思った。しかし本当に辞めてしまったら、莉菜の重荷になると思って、そんなことは冗談でも言わないようにした。重い女は嫌われるものだ。

北海道までの旅費や宿泊費は莉菜がもってくれるという。

「そんな、悪いです」

『全然悪くない。取材費として経費にできるから。むしろアキさんの方が迷惑じゃないか、その方が心配』

「いえ、迷惑なんかじゃないです！」

『そう、良かった』

莉菜は安堵《あんど》したような声を出した。

『私にとって、アキさんは府中放火殺人事件を象徴するような人。新村事件の真相を解き明かし、祖父の名誉を回復するために、ぜひ力になって欲しいの』

「そんな、私なんて――」

『アキさん。私を信じてる？』

どういう意味なのか分からなかったが、反射的に答えた。

「はい」

『今までずっと新村事件に取り組んできた。でも、今回ほど手応えを感じたことはない。もしもっと早くアキさんと出会っていたら、きっと祖父が生きているうちに無罪を証明できたと思う』

「ごめんなさい」

思わずそう言ってしまった。新村事件と府中放火殺人事件に関連性があるなどとは誰一人考えなかったのだから、決して私のせいではないのだが。

『謝らないで。私はアキさんに出会えて感謝しているの』

そう言って、莉菜はおかしそうに笑った。私は少し恥ずかしくなった。

「私も、莉菜さんに出会えて感謝してます」

私は今ほど自分がカインの孫で良かったと思ったことはない。世間の人たちは私を死刑囚の孫だとさげすむ。でもだからこそ、私は莉菜の片割れとして、彼女に必要とされるのだ。それは他の誰にも手に入れることのできない、私だけの勲章なのだ。

今までの私は、死刑囚の祖父がいることが嫌で嫌で、仕方がなかった。何で、こんな家に生まれたのだろうと思ったこともあった。でもようやく私は、自分の出自を受け入れられるような気がする。莉菜と出会えて。


一週間後、私は札幌にいた。両親には、高校の同級生と旅行すると言ってある。莉菜が一緒だと知られたら、また舞い上がって騒ぐかもしれず、鬱陶しかったのだ。

莉菜は先に北海道入りしているので、私は一人で羽田から新千歳に向かう便に、ガチガチに緊張しながら乗り込んだ。生まれて初めてビジネスクラスに乗った私を、CAさんが笑ってるような気がする。もちろん自意識過剰だろうけど、私は飛行機なんて人生で数えるほどしか乗ったことがないのだ。

今自分が地上から数千メートルの高みに浮かんでいると思うと、生きた心地もしなかった。こんな時こそ、莉菜が隣にいて欲しいのに、と心から思う。

高度が低くなると窓の外から見える地上は一面雪景色で、府中から遠く離れた場所に来たことを改めて実感する。

ここに六十年以上前の府中放火殺人事件や新村事件を解く鍵が眠っていると思うと、身が引き締まる思いがした。何しろ私は、府中放火殺人事件の代表者としてやってきたのだ。会ったこともない祖父の命を私が握っていると言っても、過言ではないかもしれない。

新千歳空港で降りて、電車に乗って札幌に向かった。莉菜が用意してくれた札幌駅近くのホテルにチェックインする。部屋に入るとすぐさまベッドに倒れ込み、莉菜からの連絡を待った。

こういう時、旅慣れた人なら一人で観光でもするんだろう。でも府中から一千キロも離れた見知らぬ町を一人で探索するなんて、やっぱり生きた心地がしない。それに外は寒い。

莉菜は新村事件が専門だが、ジャーナリストを仕事にしているのだから、いろいろな事件を取材しているのだろう。当たり前のように飛行機に乗って、日本中飛び回っているのだ。当然海外にだって行くはずだ。私はパスポートすら持っていない。

莉菜と一緒にハワイにバカンスに行きたいと思った。今雪国にいるから、そんな発想になるのかもしれない。もし本当に新村事件と府中放火殺人事件が解決できたら、お祝いに誘ってみようか。しかし、事件の謎を追っているからこそ莉菜にとって私は価値があるわけで、解決してしまったらお払い箱ではないか。

そんなことをベッドでつらつらと考えていると、段々とうつらうつらしてきて、私は少し眠ってしまった。でも、莉菜からの電話で起こされ、ベッドから飛び起きる。

『アキさん、今、ホテルにいる?』

「は、はい。今、着いたところです」

正直に待っていたと言うことはないと思って、嘘をついた。

『良かった。これから大野浩一の娘さんと会うから下に降りてきてくれない?』

私はすぐさまバッグを持って、部屋から出た。

莉菜はフロントで待っていた。暖かそうなファーのついたコートを着て、モデルみたいにゴージャスだった。服装だけではない。立ち居振るまいから、佇《たたず》まいまで、私とは違う世界の人間だと改めて思った。

フロントのスタッフが、私と莉菜を見返して、何て似合わない二人! と嘲笑っているような気がする。莉菜に比べれば、私の格好はいかにも見すぼらしい。

「そんな格好で寒くない?」

といきなり莉菜に言われた。自分の服装を心の中で卑下している、丁度そのタイミングで。旅慣れていない私は、北海道がどれだけ寒いのかも分からず、秋物のコートをひっかけて家を出てきたのだ。莉菜も、私なんかと一緒に歩くのが恥ずかしいと思っているのだ。きっとそうに違いない！

私は顔が赤くなると同時に、理不尽な気持ちになった。向こうの方から誘ったから、頑張って北海道まで来たのに、笑い物にされたような気持ち。そりゃ、あちこち出かける莉菜は服を沢山持っているのだろうけど、私は決してそんな人間じゃないのだ。

莉菜は微笑んだ。むくれている私の胸の内を悟られたみたいで、余計に恥ずかしくなった。

「行きましょう。タクシーが待ってる」

莉菜はそう言って私の手を取った。莉菜の手はとても温かく、薄いコートを補ってあまりあるものだった。

タクシーですすきのに向かった。有名な繁華街だけど、歌舞伎町などに比べると落ち着いていて歓楽街という印象ではなかった。

「別のお仕事だったんですか？」

先に北海道入りし、一緒に飛行機に乗ってくれなかった莉菜が恨めしくて、私は訊いた。

「別の仕事じゃない。大野浩一のことでちょっと一人で調べたいことがあってね」

本当に一人だったのだろうか。寒い北海道を歩くにふさわしい暖かいコートを着た、誰か別の女と一緒だったのではないか。

しばらく黙った。

そして言った。

「私を連れて行ってくれなかったんですね」

「え？」

「いえ、別のお仕事だったら分かるんですけど。新村事件と府中放火殺人事件の取材ですよね？　その取材には私がいては迷惑で、今から大野浩一の娘さんと会うのは私がいた方がいいってことですか？」

都合のいい時だけ呼び出される、都合のいい女になった気持ち。莉菜が私のことを片割れと言ってくれて、体が震えるほど嬉しかった。でもそんな言葉は取材の都合でどうにでもなるのではないか。自分の知名度を武器にして、取材の役に立つと思えば誰にでも同じことを言っているのでは？

私は膝の上で握り拳を作って、莉菜の方を見なかった。文句を言っていると思われるのが怖かったのだ。こっちがお金を出してやっているのに偉そうなことを言うなと怒られると思った。

ゆっくりと莉菜の手が、私の握り拳の上に乗った。

「アキ」

莉菜が私を呼び捨てた。それで私は驚いて莉菜の方を向いた。

不用意な発言で、莉菜を不快な気持ちにさせてしまったと思った。でも、莉菜はホテルを出た時の優しい微笑みのままだった。

「一人で取材に行ったのは、府中の時と同じ。取材先で迷惑がられたり、怒鳴られたりしている姿をアキに見られたくなかったの。あなたが一緒にいたら、あなたも嫌な思いをするかもしれない。向こうにしてみれば、こっちは取材をさせてもらう立場なんだから、あなたも私も同等に見るでしょう。前も言ったと思うけど、私は平気なのよ。慣れているから。でも、あなたに同じことはさせたくない」

私は必死に首を振った。

「莉菜が頭を下げるんだったら、私も頭を下げる。そんなこと、私だって何の苦でもないもの」

莉菜を馴れ馴れしく下の名前で、しかも呼び捨てることに何のためらいもなかった。莉菜だって私を呼び捨てた。私と莉菜は双子と同じ。片割れ同士なのだ。

莉菜は頷いた。私が彼女を呼び捨てることを認めた首肯だった。

「ジャーナリズムの世界は男ばかり。男女平等をうたっているリベラルの人だって、本心では私を小娘扱いして一人前のジャーナリストとして見てくれない。だから私は強い女のふりをして、周りの人間を牽制《けんせい》する。さっき平気とか慣れたとか言ったけど、限度はある。やっぱり酷《ひど》い言葉を言われたら、落ち込むもの。人殺しの血が流れている奴とは口を利きたくない、って言われて、ショックで泣いている姿を、あなたに見せたくないの。大好きなあなたに――」

「――え？」

今、莉菜は、私のことを、大好き、と言った――。

「私、ずっと死刑囚の孫だって世間の連中から蔑まれていた。友達だっていなかった。私は、あんな奴らに負けるもんかって強がって生きてきた。内心は友達が欲しくて仕方がなかったのに」

美しい莉菜、憧れた莉菜が、私に本心を吐露してくれている。私は思った、莉菜も私と同じだと。

「府中放火殺人事件の死刑囚に、私と同年代の孫がいるってことは、以前から知っていた。彼女なら私の友達になってくれる、そう思った。子供って空想の友達と遊ぶって言うでしょう？　私の場合、それがあなただった。あなたに会いたいとどんなに思ったか。でも、友達になって欲しいってだけじゃ会いにいけない。有名人に憧れるストーカーだと思われるから――」

涙が零《こぼ》れそうになった。私は有名人なんかじゃない。ただ、死刑囚の孫というだけだ。そんな遠慮なんかしないで、もっと早く会いに来てくれれば良かった。莉菜みたいな友達がいれば、私の人生はもっと光り輝くものになったのに。

「ジャーナリストになったのも、あなたに会いたかったから。こういう仕事をしていれば、取材のために死刑囚の孫と会っても不自然じゃないでしょう？　実際は、やっぱり新村事件を専門にせざるを得ないから、畑違いの府中放火殺人事件の取材をするチャンスはなかなかなかった。だから殿村から手紙で、新村事件と府中放火殺人事件に関連性があると知らされて、私、どんなに嬉しかったか。堂々とあなたに会う口実ができたから」

莉菜は私を見つめた。その目は、初めて出会った時の、強がった大人のそれではなかった。弱く、大人の庇護《ひご》を求める子供のような眼差しだった。

思う。この目は、初めて出会った時に、私が莉菜に向けた眼差しと同じだ。

私は思わず莉菜に抱きついた。莉菜は一瞬驚いた素振りを見せたが、優しく抱き返してくれた。

「あなたは私の友達なんかじゃない。あなたは友達より、もっと大切な人」

私は夢中でそう言った。あふれる気持ちを抑えきれない。運転手がバックミラーでこちらをちらちら見ていたが、まったく気にならなかった。

目的の店に着くと、私たちは手をつないでタクシーから降りた。店の中に入ると同時に、どちらからともなく手を離す。大野浩一の娘にとって、私たちはあくまでも、新村事件と府中放火殺人事件のそれぞれの代表だ。お互いをどう思っているかなど彼女には関係ないこと。手は、二人っきりの時にいくらでも繋《つな》げる。

私たちは個室に通された。私の母親と同年代の女性が、そこにはいた。彼女は馳好《はせよし》子《こ》と名乗った。二周りも歳下の私たちに萎縮しているようだった。その理由は、決して莉菜が有名人だからというだけではないだろう。私たちは彼女の父親が殺人犯だと主張しているのだ。

私たちの取材に協力することは、自分の父親の罪を暴くことと同じ。それどころか、私たちが父親に罪を着せようとしているぐらいは思っているかもしれない。取材拒否されても決して不思議ではないのだ。それをこうして取材に応じてくれるのだから、彼女としても覚悟を決めているのか。

新村事件も府中放火殺人事件も時効を迎えている。仮に大野浩一が生きていたとしても、罪を裁くことはできないだろう。しかし、それで二人も冤罪で人生を棒に振ったのだ。社会的に非難を受けることは免れない。間違いなく、大野浩一の娘の好子も矢面に立たされる。

それを思うと可哀想に思うが、莉菜の仕事の達成のためには、仕方のないことだ。いや、それ以前に、もし本当に大野浩一が真犯人だとしたら、人を殺し、二人の人間を冤罪に追い込んで、何の非難も受けないなんて間違っている。

「こちら、府中放火殺人事件の犯人と目されている立石豪のお孫さんの、立石アキさんです」

と莉菜が私を紹介した。どんな目で好子を見ればいいのか分からなかった。少しぐらい非難の目を向けたほうがいいと思うけど、娘の彼女にはなんの罪もないのだ。だから、できるだけ虚心坦懐《たんかい》な気持ちで好子を見たけれど、彼女は怖《お》ず怖《お》ずとした様子で、私と目を合わせようとしなかった。無理やりここに引きずり出したみたいで、やっぱり私は彼女が気の毒になってしまった。

莉菜は慣れた様子で料理をオーダーした。さっきのタクシーでの会話はなかったことのように冷静沈着だ。一方、私は羽田から緊張しっぱなしで、今も先程の莉菜との抱擁を引きずっていた。真犯人と見られる男の親族との面会は、やはり気軽なものではないし、早くホテルに帰って、誰にも気兼ねせず莉菜とさっきの話の続きをしたいと思う。しかし、色鮮やかな北の海の幸がテーブルにずらりと並ぶとさすがに緊張感がほぐれて、私はようやく肩の力が抜けた気分になれた。

「さあ、好子さん。まず乾杯しましょう。お話は料理を食べながら伺いますから」

乾杯してから生ビールをごくごくと飲んだ。北の地で飲む冷たいビールは、府中とはまた違った飲み心地がして美味しかった。

「東京の人には、こっちはしばれるでしょう」

と好子が言った。

「しばれる?」

思わず聞き返した私に、莉菜が、

「寒いって意味よ」

と教えてくれた。好子は思わずと言った様子で、口に手をやった。東京の人間にうっかり方言を使って田舎者と思われたかしら、と言いたげな仕草だった。

気を使って莉菜がいろいろ喋るけれど、好子はやはり萎縮しているようだった。箸もあまり進んでない。私たちにとっては物珍しいご馳走《ちそう》でも、彼女にとってはありふれたものなのかもしれない。だが、食欲がないのはそれだけではないだろう。

「好子さん。私たちは、お父さんが新村事件と府中放火殺人事件の真犯人だという、決定的な証拠を握っている訳ではないんです。ただお父さんが重要人物なのは間違いない。どうかお力を貸してください」

「分かっています。いいんです。たとえ父が真犯人であっても。むしろそうであって欲しい。その方が納得がいきますから。私、ずっと悩んでいました。どうして父は私と母を捨てたんだって。しかも孫が産まれるって時に——でも、父が本当にあなた方の探している人物なら、納得がいくんです。人殺しなら、家族だって平気で捨てるでしょう。たとえ殺人者であっても構いません。生きているのか死んでいるのか、はっきりして欲しいんです」

彼女には、娘のような年頃の二人の女の祖父が、自分の父のせいで罪を着せられ人生を棒に振ったかもしれない――という畏れなど微塵もないようだった。ふてぶてしい訳ではなく、単に想像力がないのだろう。

ふと思った。大野浩一が家族を作ったのは北海道に渡ってからだ。つまり犯行後のこと。既にGHQは解体していたはずだ。にもかかわらず家族を捨てた。人殺しの過去を暴き立てようとする者が現れたからではないか？　私たちのように――。

「記憶に残る父は、炭坑夫で、いつも顔を煤《すす》で汚していました。東京で競輪をやっていたのは知っていましたけど、特に自転車に乗るのが上手かった記憶はないです。ましてやGHQのために働いていたなんて、泉堂さんに教えられて初めて知りました」

「まだ可能性の話です。推測の域を超えてはいません。お父さんの居場所にお心当たりはないんですか？」

「はい。もしかしたら泉堂さんがご存じなんじゃないかと。だから、ホームページを見てご連絡差し上げたんです」

私は少し落胆した。これでは大野浩一を探している者同士が出会ったというだけだ。だが、これであっさりあきらめて帰る莉菜ではないはずだ。せっかく北海道まで来たのだから。

「ご家族にお話を伺うことは可能ですか？」

と莉菜は言った。

「私の家族に、ですか？」

「はい。思わぬところから手がかりが見つかるかもしれない」

「でも、母はもう他界していますし、娘は父と会ったことすらありませんよ」

「旦那さんは？」

「そりゃ夫は当然、会ったことはありますけど」

「それで結構です。男性は男性同士で、何か秘密を抱えているかもしれない」

だが好子は莉菜の申し出に難色を示した。

「今日、あなた方に会うことは誰にも言っていないんです。同性同士だから親密だみたいなことを仰いますが、夫は父が死のうが行方不明になろうが、どうでもいいんです。やっぱり実の父親じゃないからでしょうね。取材なんて受けたことを知られたら怒られます。それも六十年前の殺人事件の犯人として告発するなんて、絶対に協力してくれないでしょう」

その気持ちは分かった。本当に殺人を犯しているのなら、失踪したままでいて欲しいぐらいは思っているだろう。かかわりあいになりたくないのだから、取材も拒否するだろう。莉菜の取材に協力することは、自ら進んで犯罪者の家族になることと同義なのだ。

しかし莉菜は諦めなかった。

「もし旦那さんがお怒りになられたら、私が好子さんに代わって謝ります。だからお話だけでも聞かせてもらえませんか？」

そうだ――莉菜は、取材先で怒鳴られようが、煙たがられようが、平気な人間なのだ。もちろん内心では傷ついていると思う。しかし、傷ついたぐらいでいちいち立ち止まらない、強い女なのだ。莉菜は強い女を演じていると言うけれど、ずっと演じ続ければ、もはやそれは演技ではない。

私も好子に頼んだ。

「私からもお願いします。どんな些細な情報でもいいんです。そちらの皆さんだって、お父さんが消息不明のままなのはご心配でしょう？　第一、お父さんが新村事件と府中放火殺人事件の犯人だと決まったわけではないんです。もしかしたら真犯人を知っているかもしれない。余計な疑いを晴らすためにも、どうか泉堂莉菜に協力してください」

言葉が淀《よど》みなく口から溢れた。莉菜は表情を変えずに私の言葉を聞いていたが、内心は驚いているはずだ。初めて会った時はおどおどしていた癖に、今はこんな一丁前のことを言って、と――。

莉菜が私を変えてくれた。莉菜と一緒なら、臆病だった私の心に勇気がみなぎる。

好子は、私が単なる莉菜の付き添いの人間だと思っていたのだろう。府中放火殺人事件の孫だから、莉菜に呼ばれてここにいるだけだと。それはその通りだ。だがその付き添いの人間すら取材をさせろと迫ってくるので、とうとう観念したようだった。

「分かりました」

と好子は頷いた。

「夫には話しておきます。でも断られるかもしれません。その時は諦めてください」

好子は、たとえその罪が暴かれても、父親を探し出したいと思っているのだろう。警察が頼りになるとは思えないし、興信所等に頼んでも莫大《ばくだい》な費用がかかる。泉堂莉菜という著名なジャーナリストがただで探してくれるなら、それに乗らない手はない。

「北海道にはいつまで滞在されるんですか?」

「明後日には帰ります。私はフリーランスですけど、こちらの立石アキさんは会社員です。私は比較的自由に動けますから、馳さんのご都合のよろしい時に再度お伺いします」

やはり、私が莉菜の足を引っ張っている感は否めない。本当に会社を辞めようかとぼんやり思う。莉菜は助手や秘書を必要としていないだろうか。正式に莉菜に雇ってもらえればどんなに幸せだろう。

「明日の夜はどうでしょうか。夫は家にいると思います。私を訪ねに来たという名目なら、夫もあなた方を拒めないでしょう」

莉菜の顔が明るくなった。

「はい！　ありがとうございます」

「でも、本当に何も知らないかも。泉堂さんの仰ることに意見する訳ではありませんが、やはり私の実の父のことを、私以上に夫が知ってるとは思えませんもの」

「いいえ。もしそうであっても、総合的にお父さんの人物像を推し量ることが、事件解決の最初の一歩ですから」

莉菜は好子から自宅の住所を聞いた。円山《まるやま》公園という地下鉄の駅が最寄りらしい。

それから私たちは世間話をしながら、お酒を酌み交わした。最初は萎縮していた好子も、お酒が入ると段々リラックスしてきたようだった。話し上手な人間は同時に聞き上手らしく、莉菜は好子の話に絶妙に相づちを打つ。

「麻里奈《まりな》――うちの娘ですけど、もう三十過ぎたのに浮いた話の一つもないんです」

どうやら家庭のグチを始めたようだ。私も莉菜も三十過ぎで独身だ。そんな話をしに来たんじゃないです、と言いたくなったが、莉菜の手前我慢した。今のところ収穫はないが、娘の好子が大野浩一に繋がる唯一の手がかりなのだ。機嫌を損ねられでもしたら今後の取材に差し障る。

結局、時間の大半は好子のグチを聞かされ、明日の夜七時にお宅に伺うと約束して、店を出た。

「タクシーを呼ぶ?」

と莉菜が聞いた。私は首を横に振った。札幌駅からここまで、そう大した距離ではない。

「歩きたい気分。駄目?」

「いいよ」

そう言って、莉菜は私に微笑みかけた。私たちは二人手を取って、夜の北海道をホテルに向かって歩き出した。札幌の町並みは京都のように道路が縦横に交わっているので、ほとんど迷うことなく歩ける。秋物のコートを着た私に北海道の空気は容赦なく襲いかかってきて、なるほどこれはしばれるという語感がぴったりくると思った。

でも寒ければ寒いほど、手のひらから感じる莉菜の体温を心地よく感じる。

「恋人みたいだね。私たち」

と私は言った。

「そうだね」

と莉菜は答えた。私の心は歓喜で燃えた。もう何の寒さも感じない。

女同士、体を密着させながら寄り添い歩く私たちを、すれ違うカップルたちが好奇の目で見やるが、まったく気にならなかった。

でも莉菜はどうだろう。

「少し離れて歩く？」

「どうして？」

「だって莉菜、有名人だもの」

莉菜は軽く声を上げて笑った。

「そんなこと気にする必要ない。言いたい奴には言わせておけばいいの」

その莉菜の言葉が嬉しく、私はよりいっそう莉菜に密着しながらホテルへと戻った。

莉菜が私の部屋にやって来て、二人でお酒を飲みながらキスしあった。莉菜の唇はとても柔らかく、私を夢心地にした。

「好きよ、アキ。初めて会った時から、ううん。会う前から、ずっと好きだった」

私は莉菜の空想の友達。イマジナリーフレンド。それが現実になって、莉菜は歓喜している。だけど信じられない。この美しく、著名な莉菜が、私みたいな鈍くさい女を好きになってくれるなんて。何か裏があるのではないだろうか。考えたくないけれど、そんな風に疑ってしまう。

「私は子供の頃から、人殺しの孫って言われ続けてきた。だから私の夢は、祖父の無罪を証明して、私を馬鹿にした奴らを見返すこと。作文の課題が出ると、必ず新村事件のことを書いた。大人たちはそんな私を煙たがっていたけど、アカの教師に取り入って上手いこと立ち回った」

新村事件は共産主義者もからんでいるから、そういう主義思想を持った大人には、小学生の莉菜はある種の偶像として、大げさに言えば崇拝の対象になっただろう。ましてや莉菜は、子供の頃から美しかったに違いないだろうから。

「小学校の自由研究は新村事件のレポートだった。小学生がよ？」

そう言って莉菜はおかしそうに笑った。私もつられて笑ったが、内心は複雑だった。莉菜は子供の頃から、祖父の無罪を証明しようと頑張っていたのだ。それにひきかえ、私は何をやっていたのだろう。祖父のことでイジメられても、戦おうともせず、祖父や両親を恨むだけ。

初めて莉菜と会った日のことを思い出した。

『ずっとお目にかかりたいと思っていました』

その莉菜の言葉を、私は単なる社交辞令だと思っていた。違った。私が莉菜に憧れたように、莉菜も私を求めていたのだ。何の誇張もなく、私は莉菜の片割れ、半身だったのだ。

心の底から思う。カインの孫で良かった。小学校の頃、このあだ名をつけた委員長が憎かったけど、今は彼に感謝できる。カインの孫だからこそ、私はこうして莉菜と愛し合えるのだ。莉菜にとって、かけがえのない、唯一の存在になれるのだ。

「それにしても、泉堂莉菜に協力してください、は良かったね」

「政治家の秘書みたい？」

「うん。私もそう思う！」

私たちは笑いあい、そして唇を重ねあった。本当に莉菜の秘書になりたい。そうすれば、名実ともに私は莉菜の仕事のパートナーになれる。この新村事件と府中放火殺人事件の取材で、莉菜の仕事の役に立てれば、莉菜も私を認めてくれるかもしれない。

でも、そんな将来のことより、今は。

もし私たちが男と女だったら、口づけを交わしたとしても一線を越えるのは祖父たちの無罪を証明してから、と自分たちを律することができただろう。でも繋がる術《すべ》を持たない私たちは想《おも》いがとどまることを知らなかった。私たちは服を脱がせあい、素肌の身体を絡ませあった。ゴールがないからこそ、果てしなくお互いを求めあった。誰もが憧れる泉堂莉菜は、今夜、私だけのもの。私だけが莉菜に声を上げさせられる。莉菜の白い肌をピンクに染められる。嬉しくて、嬉しくて、涙がこぼれた。このまま身体がすべて光の泡になって、溶けて消えてしまいたい。莉菜と一緒に。

9

翌日、私たちはホテルのビュッフェで朝食を取った。昨日は好子がいたから、せっかくのご馳走も、遠慮してあまりガツガツと食べなかった。それでなくても私は小食の方なのだ。だけど今はおかわりまでした。

「私も、莉菜みたいな髪型にしようかな」

前回美容院に行った時に、髪をアップにしたが、本当は莉菜と同じショートカットにしたかったのだ。でも、真似をすると嫌われると思ったので諦めた。

「止めなよ。アキはポニーテールが似合っているよ。私、理由があってこういう髪型してるから」

「どんな理由?」

莉菜は悪戯っ子のように笑って、

「変装しやすいから」

と言った。

「変装?」

「下手にテレビとかに出ちゃうと人目につくでしょう。週刊標榜みたいな右翼の雑誌には、私のプライベートをあることないこと書かれるし、ろくなもんじゃない。だから尾行されるかも、って第六感が働く日には変装して外に出るの」

「そういう連中って、北海道にまで来る？」

昨夜、莉菜と一緒に寄り添い歩いたことを思い出した。あの光景を週刊誌に激写されたら、莉菜が迷惑するかもしれない。

私の心配に、莉菜は笑った。

「来るかもしれないね。でも週刊標榜だけじゃなく、取材で私と会ったことがバレると、困る人もいるから」

「そんな人がいるの？」

私は莉菜と知り合えたことを誇りこそすれ、隠すなんて思いもよらない。

「たとえば新村警部の遺族よ。向こうにしてみれば、私の祖父は新村警部を殺した憎き死刑囚。冤罪の主張も信じていないし、新村警部の息子さんなんか、さっさと死刑執行しろと再三主張していたぐらいだもの。もちろん遺族といっても大勢いるから、中には祖父の声に耳を傾けてくれる人もいる。でも、そういう人も私と会ったことが他の親族にばれると面倒なことになるから、姿を変えてこっそり会っているの」

「大変なのね。私はてっきりストーカー対策だと思った」

莉菜は綺麗だし、ファンも多そうだ。ジャーナリストだから、アンチから危害を加えられることも、ないとは言えないだろう。

「もちろん、それもある。芸能事務所に入ってマネージャーをつけてもらえば、少しは安全が保たれるんだろうけど、そんなところに入ったら本当に芸能人みたいな仕事が来るのは目に見えてるし」

さすがに才能のある人間は、自分のことを客観的に分かっているようだった。莉菜が週刊誌のグラビアで水着になったり、写真集など出したら、男たちがこぞって買い求めるだろう。その浅ましい光景を想像しただけで、私は嫉妬に襲われる。莉菜は私だけのものであってほしい。女はもちろん、男にだって渡したくない。

「ウィッグでもつけるの？」

「うん。大学の時、自分の変装がどれだけ通用するのか試してみたくて、ウィッグのまま授業を受けた。誰も気付かなかった。その日から私のあだ名はＭの女。変装の名人だから二十面相の女って言われたんだけど——江戸川乱歩の小説にそういう怪盗が出てくるの。でも、もっとモダンなネーミングがいいってことで、メタモルフォーゼの女になったの。メタモルフォーゼは長いから、頭文字をとってＭ」

「私のあだ名はカインの孫」

と私は言った。博学な莉菜は、すぐにその意味を悟ったようだった。私は、あだ名をつけられた経緯を語った。莉菜は真剣に耳を傾けてくれた。

「じゃあ、なんとしてでも府中放火殺人事件の犯人を見つけないとね。カインの孫でないことを証明して、ふざけたあだ名をつけた、その委員長に謝らせないと」

莉菜の言葉に頷きながらも、しかし内心は、私はカインの孫のままでいいと思っていた。祖父同士が死刑囚だから、私たちは特別な二人なのだ。その罪が晴れてしまったら、私たちの絆《きずな》まで薄まってしまうような気がした。

もちろん、そんなことは莉菜には言えない。莉菜は、祖父の冤罪を晴らすためにジャーナリストになったのだから。莉菜とずっと親密でいたいから、祖父たちの冤罪を晴らしたくないと言ったら、きっと軽蔑されるだろう。

それに、カインの孫でなくとも、私は莉菜と同じなのだ。私は莉菜と出会えて強くなれた。変態《メタモルフォーゼ》した今の私は、もう以前とは違う。だから私もＭの女。

朝食後、札幌観光をした。ＪＲの展望台から碁盤の目のような札幌市内を見下ろし、それから時計台に行った。

「ここに来るのベタだし、それに意外にこぢんまりして大したことないものね」

などと、莉菜の時計台の評価は散々だったけど、札幌のシンボルをこの目にしているようで、私はとても興奮した。

「莉菜、ありがとうね。私を連れてきてくれて。遊びで来た訳じゃないのは分かっているけど、それでも感動する」

「どういたしまして」

と莉菜は例の悪戯っ子の笑みを浮かべて言った。札幌の時計台に来ただけで興奮するなんて、旅慣れていない女は単純だな、と呆《あき》れているのかもしれない。

以前の私だったら、こんな時、萎縮して莉菜の目をまともに見られないだろうけど、今はもうそんなことはない。私は、莉菜の片割れ、莉菜の半身。私と莉菜は、二人で一つ。

待ち合わせの時間が近づいたので、私たちは手を繋いでホテルを出た。地下鉄のさっぽろ駅から、円山公園駅まで、ほんの十分ほどだった。

「地下鉄だと駅名がひらがなになるの可愛いね」

「うん――でも、好子さんの旦那さんが、何か知っているといいけど」

と私は言った。私は不安だった。ここで調査は打ち切りになってしまうのではないか？　それは決して、新村事件や府中放火殺人事件を解決したくない、という勝手な願望から出た気持ちではない。どう考えても、実の娘が知らないことを、その夫が知っているとは思えないのだ。

「賭ける？」

と莉菜はにやりと笑って言った。

「好子さんの家に行って、進展があるかどうか？」

「そう。私は新しい発見がある方に賭ける」

私はこれ以上の進展はないと思っていたので、先に賭けられても別に悔しくはなかった。でもその気持ちを悟られたら、きっと莉菜は不愉快に思うだろう。だから私は悔しがるふりをした。

「ずるいよ。私だって進展がある方に賭けたい――」

その時、私ははっとして口をつぐんだ。

莉菜は私を見つめ、無言で頷いた。

莉菜には新しい発見があるという確信があるのだ。だからこそ賭けの話など持ち出したのだ。

「分かった。私は調査に進展がない、という方に賭ける。多分負けるんだろうけど、莉菜が勝って喜ぶなら、私も嬉しいし」

「でも、万が一私が負けることもありうる。その場合、どうして欲しい？」

私はしばらく考えて、

「新しい発見がなくとも、へこんだりしないで私と一緒に調査を続けて欲しい」

と言った。本当は正式に莉菜の助手か秘書にして欲しいと思ったけど、重い女は嫌われると思って、抽象的な表現をした。

「莉菜が勝ったら、どうして欲しい？」

「今まで通り、私が呼び出したら、有休取ってつきあって欲しい」

私は力強く頷いた。

「私が勝ったってそうする！」

そうして二人で堅く抱き合っていると、目的の円山公園駅についた。もう誰の目も気にならなかった。莉菜と過ごす時間を重ねるたび、私は強くなってゆく。

好子が暮らす馳家は駅から程ない場所にあった。大きな一軒家だった。もちろん東京とは比べられないけど、札幌に近い場所にこれだけの家を持っているのだから、お金持ちなのかもしれない。

夜の闇の中にあって、その家のシルエットはまるで私たちを拒む怪物のように見えた。昨日の好子の態度を思い出し、彼女の夫に門前払いされてしまうのでは、という不安が脳裏を過った。

インターホンを押すと、好子が玄関先に現れた。昨日よりも緊張した面もちだった。

「――どうも」

「旦那さんはいらっしゃいますか？」

「はい。一応、泉堂さんたちがお見えになることを言いました。でも、お前の親父のことで、何で俺に話を聞きにくるんだ、と言われました」

「新村事件や府中放火殺人事件のことは？」

「それは言えませんでした――私の父親が殺人犯かもしれないなんて――」

　莉菜は頷いた。

「構いません。知られずに済むならその方がいいかも。もちろん、いつかはお話しなければならないと思いますが――」

　好子に案内され、私たちは馳家にお邪魔した。好子の夫の、馳孝太郎は大きな身体で、雪焼けなのか、黒い肌が印象的だった。妻の好子が萎縮しているのが分かるほど、威圧的な雰囲気を醸し出していた。そして莉菜の全身をなめ回すように見つめるその視線が、正直不快だった。

　娘の麻里奈は仕事から帰って来ていないという。私は少し安堵した。家にいたら、挨拶しに顔ぐらい出すだろう。莉菜を他の女と会わせたくなかった。勝手な願望なのは分かっている。でも莉菜を独占したい気持ちは抑えられない。

　莉菜は取材用の名刺を孝太郎に渡した。私は会社の名刺しか持っていないので、口頭での挨拶のみに止めた。もっとも、孝太郎は私など眼中になかったようだが。

「確かに義父はもう何十年も行方不明です。まあ、常識的に考えてどっかでのたれ死んでいるだろうけど、何故あなたみたいなジャーナリストが捜しているんです？」

　そう、それが当然の疑問だ。彼らにとって、浩一は炭坑夫として働き、好子を育て上げた善良な一般市民だ。莉菜が探す理由はない。

孝太郎は泉堂莉菜というジャーナリストを初めて知ったようだった。もちろん好子から教えられてホームページぐらいは見たかもしれない。だけど莉菜が新村事件の調査をライフワークにしているからと言って、まさか真犯人として浩一を捜しているとは夢にも思っていないだろう。

「私は新村事件の犯人とされている泉堂哲也の孫、そしてこちらの立石アキさんは、府中放火殺人事件の犯人とされている、立石豪のお孫さんです」

突然現れた私たちに、彼は不信感を隠せないようだったが、莉菜が二つの事件の名前を出すと、俄然《がぜん》興味が出てきたようだった。莉菜に向けたような視線を、今度は私に向けてくる。見せ物になっているようで、正直気分は良くなかった。

孝太郎に許可をとってから、莉菜はICレコーダーのスイッチを入れた。

「新村事件はやはり被害者が刑事だからでしょうか、警察は総力を挙げて追究しました。大野浩一さんも、当時府中で競輪選手をしていて、警察の事情聴取を受けたといいます。犯行は自転車に乗って行われたから、めぼしい競輪選手は皆取り調べられたんじゃないでしょうか。もちろん形式上のもので、アリバイが認められたからすぐに釈放されたそうですが」

孝太郎は笑った。

「俺はてっきり、あんたらが義父が真犯人だと言いがかりをつけに来たと思ったよ」

私はごくりと唾を飲み込む。

「こちらの立石さんは、府中放火殺人事件を調べていて、大野浩一さんと被害者の森川ナカさんとの間に接点がある記録を見つけました。もちろん、これも証拠と言えるものではありません。森川さんは金融業をしていましたから、彼女からお金を借りる人は山ほどいたでしょう」

私は動揺を隠さないようにするので必死だった。綱渡りをしているような気持ち。莉菜の話は概《おおむ》ね本当だが、所々小さな嘘をついて孝太郎に疑惑をもたれないようにしている。大野浩一の存在は朝比奈京子と私の祖父の証言から明らかになっただけで、記録など残ってはいないのだ。後で問題になったら、あれは言葉の綾《あや》だったとでも説明するのだろうか。

「ただ、二つの事件に大野浩一さんが共通して登場しているのは事実です。ぜひ大野浩一さんとお話がしたいと探しましたが、現時点では難しいかもしれません。それで好子さんの旦那さん――孝太郎さんにお話を伺いたいと思いまして」

「伺いたいって言ったって、俺は何にも知らないよ。好子も知らないのに、俺が知っている訳がないじゃないか」

孝太郎の言うことも尤《もっと》もだ。しかし、莉菜が何の見込みもなしに孝太郎に会いに来たとは思えないのだ。

取材は大変な作業だ。あちこち話を聞きに行っても収穫があるとは限らず、時には迷惑がられる。そんな姿を莉菜は私には見せたくないと言った。にもかかわらず莉菜は北海道まで私を呼んだ。この北の地には必ず、何かがある。それが暴露される瞬間に、莉菜は私を招待してくれたのだ。

「お二人が出会われたのは、夕張ですね。それで結婚後、札幌に戻ってきた」

「そうだよ。夕張が財政破綻してるのは、東京の人も知っているでしょう。あそこに住んでいた時から、その兆候はあったんだ。炭坑がどんどん閉鎖されたから、経済が回らなくてどうしようもない。当時勤めていた会社も潰れそうだったんで、見切りをつけて、好子と結婚するのを機に実家に戻ってきたんだ。ここから離れたくて夕張に職を求めたんだけど、完全に失敗だった。どうせ遠くに住むんだったら、いっそのこと網走《あばしり》にでも行きゃあ良かった」

「でも、夕張で働き始めたから、好子さんとも出会えたんですよね?」

と莉菜は言った。

「おっとそうだった。余計なことを言ったな」

と孝太郎は悪びれる素振りもなくつぶやいた。

「義父は一人夕張に残って、そのまま音信不通だ。捜索願も出したが、梨の礫《つぶて》だ。正直言って、もう見つからないと思うよ。だって三十年前の話だよ? 今更探したって、もうどうしようもないさ」

その孝太郎の言葉は、説得力をもって私の胸に響いた。祖父は冤罪だと、両親や支援者たちが主張して、もう六十年経《た》った。年月が経てば経つほど、記憶も証拠も薄れてゆき、祖父の罪は既成事実となってゆく。

三十年間行方不明の男を捜して、六十年前の事件の真相を暴く——私たちは、そんな大胆不敵なことを目論んでいるのだ。本当にそんなことができるのだろうか。

「それにしても、大きなお宅ですね。ご両親は地主さんか何かですか？」

突然莉菜が、そんな質問をした。

その莉菜の質問に、孝太郎は少しむっとした顔をした。私も、やや唐突な質問に思えた。

「それが何です？」

「いえ。こういう大きなご実家を持っている方って、ご実家を出ないことが多いんじゃないかと思って。離れにお住まいになれば、プライバシーも保たれるでしょうし」

「うちに離れなんかない！」

孝太郎が怒鳴った。私も好子も、その怒鳴り声に、思わず身体をびくっとされた。

だが、莉菜は平然としていた。

「そうですか。それは失礼しました。やっぱり、あれですね。経済的に裕福でも、可愛い子には旅をさせろってことですか」

「なんだそりゃ？　俺はもうすぐ六十だぞ！　長い人生、実家を出た期間があるからって、それが何なんだ!?」

「莉菜」

私は小さな声でとがめた。家庭の事情は人それぞれだ。話を聞かせてもらっている

のに、莉菜の態度は少し不躾《ぶしつけ》に思った。事件に関係あることとも思えない。

しかし莉菜は、私の意見になど耳を貸さない様子で、言った。

「好子さん。申し訳ありませんが、少し席を外していただけませんか」

夫婦は目を剝《む》いて莉菜を見た。

「何故です？」

「おい、あんた――」

「奥さんとは昨日お話できました。今日、こちらに伺ったのは、ご主人の方からお話

を伺いたいからです。取材対象者がグループだと、誰の意見だかはっきり分からなく

なることが、希《まれ》にあるものですから」

莉菜はそう言ったが、孝太郎は釈然としない様子だった。それでもさっきのように

怒鳴らなかったのは、いったい何を訊かれるんだろう、という好奇心があるからか。

孝太郎は、この家に住んでいることに、やましさを感じているのだろうか。確かに

莉菜は失礼なことを訊いたかもしれないけど、それであの反応はちょっと過剰かもしれない。

「まあ、そういうことなら、私は――」

「申し訳ありません。お話が終わったら、すぐにお呼びしますから」

もともと、夫に用があって来たと分かっているからか。好子は渋ることなく、部屋から出ていった。

「いったい、何が訊きたいんだ？」

「先ほど夕張が不況と仰いましたね。しかし、それは夕張に限った話ではないはずです。北海道はメーカーやゼネコンが他県に比べて圧倒的に少ないです。本土と海を挟んでいるので、資材の輸送にコストがかかることが原因でしょう。その割に人口は多いので、多くの道民がサービス業に従事することになります。やはり北海道というと第一産業の農業や、第三次産業の観光業をイメージしますから。第二次産業の製造業の薄さはいかんともし難いです」

「それが何なんだ!?」

しびれを切らしたのか、再び孝太郎が怒鳴った。でも莉菜は顔色一つ変えずに話を続けた。

「孝太郎さんが夕張で職をもたれたのは、この家が銀行の抵当に入っていて住めなくなったからではないですか？　孝太郎さんだけじゃない。ご両親と一緒に、あなたは夕張に越したんです」

あっ、と思った。莉菜が私より先に北海道入りした理由だ。きっと莉菜は夕張に行っていたのだろう。そして、夕張時代の馳家のことを調べていたのだ。

「だから何なんだ。それがあなたに、いや、義父に何の関係がある」

孝太郎の声が少し震えていた。図星だったのだ。

「私は、好子さんの父、大野浩一が新村事件と府中放火殺人事件の犯人だと思っています」

思わず声を上げそうになった。それは、最後まで言わない約束ではなかったのか。孝太郎の態度が硬化して、話を聞かせてもらえなくなるかもしれないから。

しかし、莉菜の言葉を聞いても、彼は態度を変えなかった。不機嫌そうな顔をしてはいる。でも、それは莉菜が馳家について不躾な質問をしたからだ。少なくとも、驚いた様子はない。

もしかして――。

孝太郎は義父が犯人だと、最初っから知っていたのか？

私は息を呑《の》んだ。これは祖父たちの無罪を証明する、有力な手がかりになりうるのではないか。

「莉菜」

　私は思わず言った。莉菜は頷き、孝太郎への話を続けた。

「あなたは、大野浩一を脅迫しましたね。好子さんと結婚させなければ、二つの事件の真犯人だとばらすと。本当に、よく殺されなかったものだと思います。大野浩一は元GHQのエージェントです。あなたを亡き者にするなど、赤子の手をひねるより容易《たやす》いでしょう」

　孝太郎は反論しなかった。脅迫と言うと言葉がきつい。だけど、そこまでして彼は好子と結婚したかったのだ。大野浩一が孝太郎を殺さなかったのも、その気持ちを汲《く》んでのことではないか。私は二人の間に存在したであろうロマンスを想像し、胸が熱くなった。

　だけど話の続きを聞いて、私はロマンスなんてなかったことを思い知らされた。

「大野浩一はGHQの仕事で報酬を得ていました。しかしエージェントであることを周囲に知られてはならない。だから炭坑夫を続けていたんです。夕張で暮らし始めたあなたは、大野浩一の秘密を知った。あなたが狡猾《こうかつ》だったのは、好子さんの名前を持ち出したことです。財産のことなど、おくびにも出さなかった。でも将来的に、大野浩一の財産は好子さんのものになるでしょう。そして好子さんと結婚したあなたのものでもある。紆余曲折《うよきょくせつ》あったかもしれませんが、その財産であなたはこの家を取り戻した。そして札幌に戻ってきたんです」

「この家のために好子さんと結婚したんですか――?」

思わず孝太郎に訊いた。

「――家だけじゃあ、ないさ」

と彼は小さく答えた。

「大野浩一が失踪したのも、あなたのせいでもあるでしょう。娘が結婚し、孫が産まれても、自分の過去を暴こうとする人間が身近にいる。娘や孫が巻き添えを食うかもしれない。だから姿を消したんです」

「それで?」

と孝太郎は言った。

「それが悪いのか? 俺は義父の過去を知っていた。だけどそれだけだ。犯罪者の娘と結婚するのが悪いのか? 差別せず結婚してやったんだ。褒められこそすれ、決して批判されるようなことじゃない」

莉菜は身を乗り出した。

「いいんですか? 録音してますよ」

孝太郎は目の前のレコーダーを見つめ、ふんと鼻で笑った。大野浩一が失踪して三十年経っている。罪悪感で苦しんでいたのかも、と思ったが、あんがい、もうどうでもいいと考えているのかもしれない。

「俺が何をした？　犯人隠避か？　だとしてももう時効だな」

「あなたが脅迫なんて馬鹿なことをしなければ、私の祖父も、立石アキさんの祖父も、無実が証明されたかもしれない」

孝太郎は、また小さく笑った。

「知らんよ」

そう、それが世間一般の考えなのだろう。誰か冤罪で死刑になろうが、自分に直接関係なければ知ったことじゃない。

「どこで大野浩一が新村事件と、府中放火殺人事件の犯人だと知ったんですか？」

と私は訊いた。

「どっかの紳士が教えてくれたんだ」

と孝太郎はまた笑いながら答えた。

「紳士？」

「そう。スーツでびしっと決めた男だ。炭坑の町にそんな奴が現れたら、真っ先に浮かぶ言葉は紳士だよ。俺を誘い、飯を奢ってくれて、そして耳元で、あなたの意中の女性の父親は、これこれこういう事件の真犯人だ、と言ったんだ。俺は冗談かと思った。でも、それを義父に伝えたら、結婚もできたし、この家を取り戻すこともできた。

娘ももう子供じゃないし、俺という旦那もできた。自分がいることで娘に迷惑をかけるかもしれない。だから義父は一人で逃げたんだ」

「どこに逃げたのか、お心当たりはないんですか？」

「ないよ、まったく。探さなかった訳じゃない。警察に捜索願だって出した。でもあれから三十年、梨の礫だ」

人事のように話す孝太郎に、私は憤りを隠せなかった。

「捜索願を出した時、失踪した大野浩一が、新村事件と府中放火殺人事件の犯人だと、警察に言ったんですか？」

「言わないよ。多分、犯人だと思うけど、それは逃げたからだ。あの紳士の話だけじゃ証拠にならない。もし本当に犯人だったら、体裁も悪いし。女房の父親が殺人犯だなんて」

「そんな、あなた――」

親族が殺人犯で体裁が悪いというのなら、私と莉菜は今までどれだけ好奇や偏見の視線を受けてきたのだろう。しかも、孝太郎の話が正しければ、私たちがそんな目にあう謂《いわ》れはいっさいなかったのだ。

言い掛けた私を、莉菜が手で制した。

「しかたがないよ。大野浩一が二つの事件の真犯人である根拠は、失踪したことと、謎の紳士の存在でしかない。そんなことだけで犯人扱いはできない。もっとちゃんとした証拠を見つけないと」

「でも、北海道の炭坑夫が、東京で起こった府中放火殺人事件と新村事件の犯人だって噂がどうして立つの？　ある程度真実味があるからでしょう？」

「アキ。私たちも、馳さんに会いに来た紳士と同じだと言える。新村事件と府中放火殺人事件に、大野浩一という共通した参考人がいると知って、それだけの根拠で犯人扱いしただけなのかもしれない」

「だって――」

　確かに私たちが大野浩一を犯人だと思っている理由は、そう考えれば一連の事件に明確な筋道ができるからだ。

　ＧＨＱのエージェントの大野浩一が、自転車に乗って新村警部を射殺する。大野浩一は競輪選手だったから、自転車の扱いにも慣れていた。

　その後、米兵に襲われている金貸しの森川ナカを助ける。大野浩一は新村事件で取り調べを受けるが、森川ナカは自分を助けてくれた大野浩一を、アリバイを偽証し助ける。

　大野浩一は森川ナカと親密な間柄になるが、偽証が発覚するのをおそれて彼女を殺害し北海道に逃走する。そこで結婚し、好子をもうける――確かに証拠が薄いと言われればそれまでだ。しかし話の筋は通っている。それなのに何故、莉菜が孝太郎を擁護するような発言をするのか理解し難かった。

「私やあなたの祖父が犯人だと信じて疑わない人は大勢いる。私たちの方が少数派なの。大勢の人を納得させるためには、今のままでは弱い」

確かにそれは正論だ。だからこそ歯がゆい。ここまでの手がかりを弱いなどと言ったら、これ以上祖父たちに有利な情報など手に入らないのではないか。

「あなた、俺のことを誰に聞いたんだ？」

私たちが仲間割れしていると思ったのか、ほんの少しあざ笑うような口調で、孝太郎は言った。

「それは言えません。取材源の秘匿がモットーですから」

「夕張で聞いたのか？　三十年前のことを、今でも覚えている奴がいるんだな」

と孝太郎の言葉にも、莉菜は無言だった。

10

それからその紳士がどうなったか訊《たず》ねたが、孝太郎は何も知らないようだった。もしかしたら嘘をついているかもしれないが、情報を聞き出せないことには変わりないので、私たちはホテルに戻ることにした。

莉菜は孝太郎に、お話を聞かせてもらってありがとうございました、と深々と頭を下げたが、私はとてもそんな気にはなれなかった。

確かに、大野浩一が真犯人である証拠はまだ不十分だ。しかし孝太郎は、大野浩一が真犯人だと思って彼を脅迫したのだ。当然、府中放火殺人事件や、新村事件を調べただろう。二つの事件とも犯人が捕まって、どちらも死刑判決を受けていることも把握しているはずだ。

にもかかわらず彼は何も行動に移さなかった。もちろん、彼が何かしたところで、死刑判決は覆らなかったかもしれない。しかし、私たちの祖父を見殺しにしたのは事実なのだ。

さすがに孝太郎も気まずくなったのか、そそくさと部屋の奥に引っ込んでいった。それとは逆に、好子は丁寧に頭を下げて私たちを送り出してくれた。私は好子に、孝太郎があなたの父親を脅迫して、あなたと結婚できるように仕組んだんです、しかもお金目当てで——そう教えてあげようと思ったが、多分莉菜が喜ばないだろうと思って、何も言わなかった。

「あの人の話が、今後の調査の役に立つでしょうか？」

と好子が訊いた。

「はい。とても役に立ちます」

「――良かった」

好子はそうため息混じりで呟《つぶや》いた。孝太郎に比べれば、まだ彼女は、無実の死刑囚を二人も生み出した罪悪感を抱いているのかもしれない。

「これからどうするの？」

さっぽろ駅に戻る地下鉄の車内で、私は莉菜に訊いた。

「あの人の前に現れた紳士が手がかりを握っていると思うけど、もう探しようがない。三十年も前のことだもの」

莉菜は、うん、とだけ答えて、黙り込んだ。莉菜も、途方に暮れているのかもしれない。

「ひょっとして、その紳士が府中放火殺人事件と新村事件の真犯人なのかな」

「それはないと思う。だとしたら、大野浩一が失踪する理由はないもの」

「それもそうか」

「大野浩一の犯行を知った紳士が、彼を脅迫するために付け狙っていたってところかな。だとしたら、どこで知ったのかが鍵ね――」

そう言って、また莉菜は黙り込んだ。顎に手をやり、どこか遠くを見ている。その横顔はとても絵になって、私はまた莉菜に恋をした。

私たちは暫く無言だった。

ふと思い立って、私は言った。

「森川ナカが教えたのかも」

「え？」

莉菜は驚いたように、こちらを見た。

「大野浩一が新村事件の犯人だと知っているのは、まず森川ナカでしょう。彼女がその紳士に、大野浩一のアリバイを偽証したことをうっかり話したとしか考えられないんじゃない？」

莉菜は惚《ほう》けたように私を見ていた。莉菜ともあろうものが、その可能性に思いつかなかったのだろうか。

「それで、森川ナカが殺された時、紳士は真っ先に大野浩一に思い当たった。彼は恐らく大野浩一とも面識があり、北海道に飛んだことも知っていた——」

莉菜はそう自分に言い聞かせるように言った。

「そうか、そういう考え方もできるわね」

「莉菜は、どんなふうに考えてたの？」

「私は、新村事件において、大野浩一とその紳士は共犯関係にあると思ってた。その紳士もＧＨＱのエージェントなら、当然、大野浩一の犯行を知っていると思って」

「そういう考え方もできるね」

と私は頷いた。そして二人で顔を見合わせて笑った。私は府中放火殺人事件を中心に考え、莉菜は新村事件を中心に考えていることが分かったからだ。

「やっぱり私にはあなたが必要だね。できるだけ客観的に考えるようにしているけど、どうしても新村事件を中心に考えちゃう。でも府中放火殺人事件も同じように重要なはず。二つの事件を平等に見なければ、決して事件解決の糸口は摑《つか》めないと思う」

嬉しかった。死刑囚の孫同士という繋がりだけではない。莉菜は私を仕事のパートナーとして認めてくれたのだ。

私は莉菜の肩にもたれかかった。

「――幸せ」

そう呟いて、涙が出た。莉菜が私の意見を参考に仕事を進めてくれるのだ。私は間違いなく莉菜の仕事に影響を与えている。

「莉菜、訊いてもいい?」

「何?」

「男でも女でも、恋人がいたことある?」

自分で訊いていて、野暮な質問だと思った。こんな美しいジャーナリストに、今まで一度も恋人がいないなんて信じられない。いや、今も本命の恋人がいて、私とは成り行き上こうなっただけなのかもしれない。

莉菜は答えた。

「いない。あなたが初めて。新村事件のことを調べるのに必死で、そんな余裕はなかったから。それに皆、私のことを死刑囚の孫という目で見た。口に出さずとも、態度で分かるの。そういう態度を取らなかったのは、あなただけだった。だから、私はあなたを――」

莉菜を死刑囚の孫と認識しなかったのは、私も死刑囚の孫だからだ。

私は莉菜の仕事だけじゃない、その心にも、特別な人間として足跡を残せる。いつまでこんな関係が続けられるか分からない。いつかは儚《はかな》く終わってしまうかもしれない。だけど思い出は永久に残る。

莉菜と明け方まで愛し合い、翌日、私たちは北海道を後にした。

馳孝太郎に接触した紳士の存在が明るみになったが、結局犯人と思しき大野浩一の足取りは摑めなかった。仮に紳士が見つけられたところで、いったいどれだけ有益なのだろう。まるで底なし沼をさらっているよう。大野浩一や紳士が生きている保証はない。本当に祖父たちの冤罪を晴らすことなどできるのだろうか？

でも私はそれでいい。莉菜が私を好いてくれているのは、私が死刑囚の孫だからだ。私たちの祖父の冤罪が晴れた途端に、私と莉菜は片割れ同士ではなくなってしまう。

もちろん、この本音を莉菜に知られる訳にはいかない。知られたら最後、莉菜は私を軽蔑するだろう。でも、六十年も前の事件を今更解決できるはずがない。莉菜の祖父も死んだし、私の祖父も長いこと生きるとは思えない。事件は風化する。しかし、私と莉菜の絆はそうではない。

11

府中に戻った私たちは、再び朝比奈京子の元を訪ねた。森川ナカは独身で子供もいなかったので、めぼしい親戚縁者は皆故人だった。身内ではなくとも、親しかった朝比奈京子が森川ナカを知る一番の人物なのは間違いないだろう。

「振り出しに戻る、か」

莉菜に連れられ、初めて府中放火殺人事件の現場を歩いた日のことを思い出した。

「でも着実に調査は進展している。あなたと初めて会った時は、大野浩一のことも、彼の犯行を知っていると思しき紳士のことも、まるで把握していなかったんだから。同じような景色の中を歩いていても、ゴールは着実に近づいている」

莉菜が詩的な表現をした。

「でも、その紳士って呼び方止めない？」

と私は言った。

「そう？」

「じゃあ、なんかダサい」

「容疑者Xとか」

「なんて呼ぶの？」

「そっちの方がダサいよ」

私のセンスをダサいと言われたので、少しむくれた。悔し紛れに、莉菜に言った。

「その紳士って、本当にいたのかな？　もしかしたら、馳孝太郎が私たちを煙に巻くために嘘をついたんじゃないの？」

「どうして、そう思うの？」

「だって、紳士なんて嘘くさいじゃない。いかにも頭の中で作ったような人物の気がする」

「そう？　逆にまったくの創作なら、もうちょっとリアルに話を作るんじゃないの？　確かに嘘くさい。だからこそ私は真実だと思う」

私は黙った。

「何？　森川ナカ側《サイド》の人間が紳士に大野浩一のことを伝えたって言ったのはアキでしょう？　自分の意見に自信がなくなった？」

「別にそういうことじゃないけど——」

「私、先に北海道入りして、夕張時代の馳孝太郎のことをあちこち訪ね歩いた。彼が勤めていた会社の同僚が見つかって、いろいろ話が訊けたの。婚約者の父親が二つの殺人事件の犯人かもしれないって、孝太郎がうっかり漏らしたみたい。多分、紳士から話を聞かされた直後のことで、孝太郎自身も半信半疑だったんじゃないかな。その同僚も、万が一、婚約が破談にでもなったら怨《うら》まれるから警察には行かなかったって。少なくとも孝太郎と好子さんの結婚当時、好子さんの父親が二つの事件の真犯人だと疑っている人物がいたのは、間違いないと思う」

そんな話をしながら、私たちはあの朝比奈京子のアパートに向かった。京子は、私たちを満面の笑みで迎えてくれた。ピンクの服や、暖色系の部屋も、そのままだった。

「あら、あなたたち、また来てくれたの。嬉しいわ。こんなお婆ちゃんのところに遊びに来てくれるなんて」

北海道土産のチーズケーキを京子に出した。京子は嬉しそうに、初めて会った時と同じに日本茶を出してくれた。

「京子さん。前回私たちが来た時、ナカさんのアリバイを証言してくれた競輪選手の話をしてくれましたね」

莉菜は世間話もそこそこに、話を切り出した。

「はいはい。コウイチさんね」

「その話、私たち以外にもしました？」

「ええ。しましたとも、いろんな人にね。警察にも話しました」

私は思わず莉菜と顔を見合わせた。両親を始めとした祖父を支援する人たちが、今まで散々府中放火殺人事件を調べてきた。しかし、大野浩一という競輪選手の存在など明るみになってこなかったのだ。莉菜が、府中放火殺人事件と新村事件との関連性を提示しなかったら、きっと今でも判明していなかっただろう。もし彼女が警察に大野浩一の話をしていたら、支援者の耳に入ってもいいのではないか。

莉菜は頷き、京子に訊いた。

「その警察の人、名前を覚えていますか？」

「名前ねえ――ずいぶん昔のことだから」

「ひょっとして、殿村って人じゃないですか？」

はっ、とした。殿村。私と莉菜を結びつけた男。思えば、彼は誰よりも先に、府中放火殺人事件と新村事件が関連していると知っていたのだ。私と莉菜を呼び出して話をしようとなったのが、そもそもの始まりなのだから。

殿村は新村事件で大野浩一を取り調べた。だが森川ナカがアリバイを証言し、釈放せざるを得なかった。府中放火殺人事件も、新村事件も、犯人は逮捕され死刑宣告を受けている。たとえ冤罪の可能性があっても、警察が捜査をやりなおしはしないだろう。捜査ミスがあったと、自ら告白するようなものだ。

だから殿村は独自に大野浩一を追っていた。二十年経って、彼はようやく北海道に逃げた大野浩一を見つけ出した。もちろんとっくに時効だが、本人のプライドの問題だった。

もしかして、孝太郎が会ったという紳士は、殿村――。

「そう！　その殿村って人！」

京子が叫ぶように言った。

莉菜は満足げに頷いた。

「思い出してくれて、ありがとうございます。おかげで随分参考になりました」

「そう。お役に立てたようで嬉しいわ！」

京子は満面の笑みで言った。私たちが望む情報を与えられて心から喜んでいるふうだ。なんだか、こっちまで微笑ましくなってくる。きっと彼女は私たちを自分の孫のように感じているのだろう。

――自分の孫。

――。

その時、インターホンが鳴って私は吃驚《びっくり》してしまった。無意識の内に、お年寄りの一人暮らしの部屋を訪ねる人なんて私たちぐらいだな、と思い上がっていたのかもしれない。

莉菜がドアを開けた。訪問者は革ジャンを着た若い男だった。京子が出ると思ったのに莉菜が現れたからだろう。男は目を白黒させた。

「誰？」

と男は言った。

「朝比奈さんにお話を伺っているものです」

男は莉菜の背中越しに京子の姿を認め、

「お婆ちゃん、そうなの？」

と訊いた。しかし京子はその質問に答えず、いつもすまないねえと男に言った。

「私はこういう者です」

と、莉菜は丁寧に男に名刺を差し出した。男は莉菜を知らない様子だった。有名人と言っても、ジャーナリズムに関心のないであろう彼にとっては、一人暮らしの老人の元を訪れた胡散臭い女に他ならないのだろう。

男は手にお弁当を持っていた。透明なプラスティックの蓋がついて、中が見えるタイプだ。コンビニ弁当かと思ったが、手作りの感じもする。

「ボランティアでお年寄りに弁当を届けてるんだよ。ここらは俺の受け持ちだから」

と男は説明した。口調や見た目でボランティアなんかやりそうにないな、と思ってしまったが、偏見を持つのはいけないことだ。

しかし、莉菜も同じことを思ったようで、

「大学生?」

と訊いた。

「あ、ああ――」

男は頷く。

「ボランティアをやらないと、単位がもらえないのね」

「うっさいな、関係ないだろ」

大学生は部屋の中に上がり込んで、お弁当を京子の前に差し出した。

「毎日すまないねえ。これが楽しみなんだ」

と京子は言った。

「お婆ちゃん。俺帰るけど、大丈夫?」

私たちを横目で見やって、彼は言った。正直、少し腹が立った。一人暮らしのお年寄りの家に、若い女――京子に比べれば、私も莉菜もまだ若い――が訪ねに来るのが、そんなに珍しいだろうか。

「話を聞かせてもらっているだけです。私たちが何か京子さんに変なことをしようとするると思ってるんですか？」

やや強い口調でそう言うと、男は少し動揺したようだった。

「いや最近、訪問販売でボケたお年寄りを騙すような奴がいるから。別にあなたたちがそうだって言わないよ。でも警戒するのは当然だろう？」

莉菜は頷き、

「その通りです」

と言った。

私の口調と莉菜の美貌に、大学生はどぎまぎしたようで、京子に対する挨拶もそこそこに立ち去っていった。

「毎日、お弁当を届けてもらっているんですか？　いいですね」

だが京子は莉菜の言葉には応えず、お弁当相手に四苦八苦している。どうやらプラスティックの蓋を閉じている輪ゴムが外せないようだった。

「私がやりますよ」

と私はお弁当から輪ゴムを外してあげた。

「そう？　悪いわねえ」

と京子が言った。

「蓋を外すぐらいやってあげればいいのに――」

とあの大学生を思い浮かべながら、私は呟いた。

「私たちがいるから、気を利かしてすぐに出て行ったんじゃないの？」

と莉菜が言った。

その時、京子がぽつりと呟いた言葉を、私は聞き逃さなかった。

「今日はいつもの人と違うのねえ――」

いつもの人？　あの大学生のこと？　でも彼は、ここらは俺の受け持ちと言っていたような気が――。

「そろそろ、おいとましましょう。お食事を邪魔しちゃ悪いもの」

「はい。ありがとね」

私は思わず、身を乗り出して京子に訊いた。

「朝比奈さん。私たちは誰ですか？」

京子はきょとんとした顔をした。

「誰って、ボランティアの人でしょう？　このお弁当持ってきてくれたじゃない」

思わず振り返って、莉菜を見た。莉菜はもう玄関で靴を履いていた。まるでここから一刻も早く帰りたがっているように、私には見えた。

「それじゃ、お婆ちゃん。また来るね」

「はい、ありがとさん。いつでも来てね」

それはやはり、祖母と孫の会話のようだった。もしかして、本当に孫だと思っているのかもしれない。

私は京子への挨拶もそこそこに、急いで莉菜の後を追った。

「莉菜!」

「なあに?」

そんな平然とした声を出せる彼女が信じられなかった。

「駄目。あの人、ボケちゃってる。事件の証人にはならない」

暖色系の内装や、ピンクの洋服。もちろん、そういうセンスを持っているお年寄りもいるだろう。しかし京子の場合は、単純にセンスの問題じゃないのかもしれない。

「まだらボケってやつでしょう。大丈夫。だって、京子さんはコウイチという名前を覚えていた。実際に大野浩一という競輪選手がいて、彼を捜している馳好子さんにも出会えた。旦那さんの孝太郎は殿村と思しき男と会っていた。筋道はちゃんとできているじゃない」

さすがに莉菜は、孝太郎の言っている紳士が殿村である可能性を視野に入れているようだった。

「確かに森川ナカと朝比奈京子は、大野浩一という競輪選手と面識があるのかもしれない。でも大野浩一が米兵から森川ナカを救ったなんて話は、京子さんが勝手に言っているだけでしょう？　もし、そういう事実が本当にあったとしても、何で京子さんがそこまで詳しく知ってるの。おかしいじゃない！」

　莉菜は立ち止まった。

「アキ。あなたは私にどうしろって言うの？」

「大野浩一という競輪選手が実在して、今は失踪している。そして森川ナカと面識があった。これはいいでしょう。だけど新村事件と府中放火殺人事件の犯人というのは、先走った推測じゃないの？」

　そもそも、新村事件で犯人が自転車で犯行に及んだから、犯人が競輪選手だというのも、少し単純な発想ではないだろうか。

「孝太郎が言った紳士は、多分、殿村さんでしょう。彼が北海道に行って、孝太郎に大野浩一が犯人だと告げたのも、そもそも京子さんがそう言ったからでしょう？　殿村さんが京子さんの認知症に気付かなかったとしたら、私たちの方こそ冤罪の犠牲者を生み出しかねない」

「アキ。あなたは重大なことを忘れている。殿村が紳士として北海道に渡ったのは、今から三十年前のこと。当時五十過ぎの京子さんが認知症になるのは、まだ早いんじゃない？」

　私は言葉に詰まった。

「と、とにかく、私たちが大野浩一が犯人という前提で動いているのは、京子さんの証言があるからでしょう？　その証言が疑わしいとなったら、一からやりなおさなきゃならない」

莉菜は私を見つめ、言った。

「あなたは分かってない」

「何が!?」

「戦後の未解決事件を、平成の今調査するってことの意味が。大体の人が死んでるし、生きてたって八十過ぎ。ボケてるのが当たり前じゃない」

「――最初っから分かってたの？　京子さんの言っていることが疑わしいって」

そうだ。莉菜は事前に、一人でここら近辺を訪ね歩いて、京子を見つけたのだ。その際、莉菜は言った。私のことをあなただと勘違いしていたみたいと。京子は訪ねにきた莉菜を、府中放火殺人事件の犯人とされている男の孫、つまり私と混同していたのだ。その時点で既に、莉菜は京子が認知症である可能性に気づいていたはずなのだ。

「大野浩一が犯人なら、すべてはつじつまが合うの。それでいいじゃない」

「つじつまが合えばいいの？」

「当然じゃない」

と莉菜は言った。私に見せたことのない、冷たい、仮面のような表情だった。

その時、私は思い出した。莉菜の大学時代のあだ名だ。Mの女。メタモルフォーゼ。彼女は蛹が蝶になるように自由自在に変態できるのだ。

莉菜の片割れとして心を通わせ合い、北海道のホテルでは、夜、莉菜に声を上げさせた。それで私は、莉菜と対等な人間になったと思った。だが、それは大いなる錯覚なのだと思い知らされた。

「私は、新村事件の第一人者と目されている。冤罪を負った死刑囚の孫というアドバンテージがあるから。その私が事件を調査して発表しているの。皆、無条件に信じるに決まっている。そりゃケチをつける人はいるだろうけど、こんな昔の事件を必死になって調べているのは私たちだけ。決定的な反論が来るとは思えない」

「確かに世間にアピールするぶんにはいいと思う。でも、司法はそれじゃ動かないでしょう？」

するとと莉菜は信じられないことを言った。

「どうして司法を動かす必要があるの？」

私は言葉を失った。

「今更、司法が動いたってどうしようもない。だって私の祖父はとっくに死んでいるんだから」

「でも、私のお祖父ちゃんはまだ生きてる！」

「再審請求をするのはいいでしょう。でも司法が一度下した判決を覆させるのは、並大抵のことでは無理。新村事件に関するつじつまの合うストーリーを発表すれば、世間は私のことを、司法で犠牲になった男の孫という目で見てくれる。私は祖父を殉教者にしてやりたいの。そうすれば、私にだってハクがつく。殺人者の孫と、殉教者の孫とでは、どちらが格好がつくか、言うまでもないでしょう？」

「ハク？　格好？　そんなことのために北海道まで行ったの？　事件の真実を見つけるためじゃないの？」

莉菜は笑った。

「真相が見つかると思う？　六十年前のことよ？」

「じゃあ莉菜は、本当にあなたのお祖父さんが新村事件の犯人だったとしても、冤罪を主張し続けるわけ!?」

「祖父が本当に犯人かどうかなんて、今更分かりゃしない。可能性は五分五分。だったら私にとって有利な方に賭けて、何が悪いって言うの？」

「でも、でも――」

莉菜は間違っている。そう思う。だけど、それを言葉にして莉菜に伝えることが、今の私にはできなかった。マスコミにコネがあり、あちこち取材に行くのも厭《いと》わず、ハキハキと自分の意見を言える、美しい莉菜。分かっている。彼女が正しいのだ。世の中に自分の主張をアピールするためには、綺麗事だけじゃ済まされない。私が言っていることは、莉菜のそれに比べればいかにも青臭い。

「アキ」

莉菜が私の肩を持って、まるで子供に諭すように言った。

「カインの孫だって馬鹿にした奴を見返してやるんでしょう？　なりふり構っている場合じゃない」

「――大野浩一が真犯人だと発表した後に、京子さんの証言があやふやだってことに気付かれたら、どうするの？」

「あの人、そんなに長生きすると思う？　あの人が死ぬまで発表を待っても遅くない。新村事件から六十年も経ってるんだから、あと数年待つぐらい、どうってことないでしょう？」

「だけど、その数年で私の祖父は死ぬかもしれない！」

莉菜は私を見つめ、

「そうなったら仕方がないね」

と言った。

「もし、莉菜のお祖父ちゃんが本当に府中放火殺人事件の犯人だったら、死んだ方がいいかもしれない。まさかそんなことはないと思うけど、私が真犯人は大野浩一だと発表した途端に、改心して本当のことを話すかもしれない。事件の関係者はできるだけ死んでくれた方が、今後の仕事がやりやすいもの」

私は莉菜を殴った。莉菜の頰を打った右の手のひらが、電気が走ったかのように痺《しび》れて痛い。

「莉菜は――私がカインの孫じゃないって、信じてくれていると思ったのに――」

頰を赤くした莉菜は、しかし表情一つ変えないで言った。

「私たちが実際にカインの孫かどうかは、どうでもいい。重要なのは、世間が私たちをどう思うかってこと」

「私が実際に人殺しの孫かどうかなんて、莉菜にとっては関係ないって言うの？」

「私の関心は、世間の人々が私の記事を信じるかどうか、ただそれだけなの」

莉菜には大野浩一を見つける気なんてないことを、私は知った。死んでいるかどうか確かめるために、大野浩一を追っているだけなのだ。そして莉菜は彼が死んでいることを望んでいるに違いない！

死んでいれば、新村事件と府中放火殺人事件の罪を押しつけていても、どこからも文句は出ない。娘夫婦の好子や孝太郎だって、自分の父親を疑っているのだ。

あの紳士が本当に殿村かどうかだって怪しい。殿村の名前は京子が思い出したのではない。莉菜の方から持ち出したのだ。考えようによっては、莉菜が誘導したふうにも聞こえる。京子が認知症かもしれないとなった今は、尚更だ。

思えば初めて京子と会った時も、莉菜は京子の話にいちいち口をはさんでいたような気がする。話を分かりやすく補足すると見せかけて、その実、京子をコントロールして自分に都合のいいことを話させていたのかもしれない。

「莉菜が記事を出したら、私、本当のことを言うよ。そしたらあなたはバッシングにさらされる」

だが莉菜は平気な顔だった。

「大丈夫。あなたはそんなことをしないから」

「どうして分かるの？」

その私の質問に、莉菜は答えなかった。

その瞬間、衝撃が走った。莉菜の意図に気づいたからだ。

私が莉菜に憧れていることを、初めて会った時から彼女は分かっていた。だから莉菜は、私を巧みに操り、彼女を愛するようにし向けたのだ。人心掌握に長けた莉菜ならお手の物だろう。

自分の不正が明るみになっても、決して足を引っ張らせないため。思えば北海道行きにしてもそうだった。莉菜は先に夕張に行って下調べをしていた。彼女にとっては孝太郎の夕張時代を調べるのがメインで、孝太郎本人との面会は調査の確認に過ぎなかったのだろう。それなのにわざわざ私を北海道まで呼び寄せた。何故？

旅行に慣れていない私は終始緊張していた。旅先という非日常に、莉菜はつけ込んだ。吊《つ》り橋効果と同じだ。緊張は別の角度から刺激を与えるだけで、簡単に恋愛感情に変わる。

初めて会った時から、私は莉菜に憧れていた。そして、私がぐずぐずしていたせいで殿村が亡くなってしまい、彼から話を聞くことができなくなった。私は莉菜に申し訳なく、彼女に協力しなければならないと思った。

――まさか。

「――全部、仕組んでいたの？」

「全部って？」

「殿村さんを殺したの？」

莉菜は笑った。私を嘲笑っているのだと思った。

「何言ってるの？　私は人殺しだけはしない。まあ、殿村がいつごろ死ぬか計算はしたけど。でもね、アキ。社会人は皆そう。何をしたら、誰とつきあったら自分の利益になるのかを、まず一番に考える」

「私はそんなこと考えない！」

「そうでしょうね。だからあの会社でくすぶっている」

私は反論できなかった。社長の父親が祖父の同窓の会社。親の縁故で入社した会社。あそこで私は何の希望もなく働いていた。だから莉菜が声をかけてくれて本当に嬉しかった。彼女が私を操ろうと企んでいたとも知らず。

「莉菜、教えて。私のこと好き？　私のことを自分の半身だと、片割れだと、本当に思っている？」

「思ってるよ」

莉菜はいとも容易くそう答えた。確かにその言葉には嘘はないかもしれない。でも私の口封じが目的の愛なんて、いらない。

「さよなら」

そう言って、私は莉菜に背を向けた。莉菜が呼び止めることを期待して、でも私の背中には、何の答えも帰ってこなかった。私はとぼとぼと、歩いて家まで帰った。莉菜に与えられ、そして奪われた、空っぽの心を道連れにして。

12

両親が揃《そろ》った夕食の席で、二人に訊いた。

「父さんと母さんは、お祖父ちゃんが本当に府中放火殺人事件の犯人じゃないと信じてるの？」

父と母は、何を今更、と言ったふうに顔を見合わせた。

「どういう意味？」

と母が訊く。

「お祖父ちゃんが無罪だから、死刑は不当だと考えているの？　それとも死刑にさせたくないから、無罪だと思っているの？」

「どう違うんだ？」

と父。

「大違いでしょう？　もし、お祖父ちゃんが本当に犯人だったらどうするの？」

二人は絶句した。二人の人生は府中放火殺人事件を中心に回っていた。私だって、それでこの世に生を受けたと言っても過言ではないのだ。でも滑稽なことに、万が一祖父が真犯人だったら、という可能性に二人は一度も向き合っていないのだ。

「そんなことは言っちゃいけないよ！」

と母が怒鳴るように言った。

「どうして言っちゃいけないの？　可能性の一つでしょう？」

「アキは可哀想だと思わないか？　お祖父ちゃんは無実の罪で死刑宣告を受けたんだよ」

と父は言った。

「証拠不十分だから無実だって発想でしょう？　じゃあ、やっぱりお祖父ちゃんがやっているかもしれないじゃない」

「証拠が不十分ということは、やってないってことなのよ！」

水掛け論だと思って、もうこの話は止めることにした。ただこれだけは訊いておきたかったので、最後に訊いた。

「父さんと母さんは、お祖父ちゃんが無罪になりさえすれば、仮にお祖父ちゃんが真犯人でも構わないの？」

二人は顔を見合わせた。私の質問の意味が分からない様子だった。

「無罪になるってことは、無実だってことだよ」

と父が言った。その答えが、彼らの認識のすべてだった。

子供の頃の私は思った。たとえ祖父が真犯人でも、死刑には反対するんだろうな、と。その印象はやはり正しかった。

早めに食事を切り上げ、部屋に戻った。ベッドに突っ伏し、莉菜を思った。

莉菜は二人とは違った。祖父たちの冤罪を晴らすのは事実上難しいから、祖父たちは国家の横暴の犠牲になった、と世間に思わせればいいという考えだ。人々の支持を集めるためには、そういう現実的な策略も必要なのかもしれない。

私にとって、莉菜は現実的過ぎ、一方、両親は理想的過ぎた。どちらも正しいと思うし、どちらも間違っていると思う。だけど私は、彼らに対抗するべき第三の方針などまるで持ってないのだった。

私の祖父は死んだ方がいいかも、と莉菜が言った時に感じた衝撃は、今も種火のように心にくすぶっている。祖父が死んだ方が、莉菜の仕事にとって都合がいいのだ。好き勝手に話を作れるのだから。

――許せない。

祖父の件はまだいい。納得はできないけれど、そういう考え方もあるのだと思う。許せないのは私の気持ちを弄んだことだ。北海道で莉菜と過ごしたあの甘美な一夜が、すべて偽りだったと言われているのと同じではないか。

莉菜に復讐しなければならないと思った。

『大丈夫。あなたはそんなことをしないから』

それが甘い考えだってことを、思い知らせてやる。

私は翌日から、インターネットにしか使っていないノートパソコンで、莉菜と出会ってからの一部始終を書き始めた。会社にもパソコンを持ち込んで、仕事の合間にも書き進めた。

ポニーテールが似合ってると言ってくれた事務のおばさんが、

「あら、急に仕事を頑張るようになったわねえ」

などと言った。さぼっていると思われたくなかったので、正直に話した。

「府中放火殺人事件についてまとめているんです。ご心配なく、仕事はちゃんとやっていますから」

おばさんは目を丸くした。もちろんこの会社に、私が府中放火殺人事件の犯人と目されている死刑囚の孫だと知らない社員は一人もない。私が、祖父の冤罪を晴らすことに積極的ではないことも周知の事実だ。どういう風の吹き回しだ、と訝《いぶか》しんだに違いない。

莉菜は新村事件を取材している人間だが、その過程で府中放火殺人事件にも関わりを持った。このおばさんも、社長も、もちろん父と母も、莉菜が祖父の冤罪を晴らしてくれると期待しているはず。私が莉菜の足を引っ張ろうとしているなんて、彼らは夢にも思わないだろう。

「アキちゃん、変わったねえ」

「そうですか?」

「うん。前より綺麗になったし、積極的になった。目の光が違うって言うか」

私はパソコンの画面から目を離さずに、どうも、と答えた。莉菜と出会ったことで、彼女のポジティブな要素を一欠片でも手に入れられたのなら、莉菜を倒せば完全に彼女のようになれるかもしれない。それは根拠のない妄想。でも今の私にとっては、行動の動機付けとしてこれ以上ないものだった。

一週間ほどで、莉菜と会ってこれまでのことが書けた。かなり細かく書いたので、原稿用紙に換算すると五、六十枚ほどになった。もちろん北海道で莉菜と過ごした夜のことは秘密だ。でもこれだけ書けるなら、私にもノンフィクション作家の才能があるのかもしれない、と自惚《うぬぼ》れる。

問題は、これをどこに送るかだ。しばらく考え、私は莉菜との会話にちょくちょく出てきた週刊標榜を選んだ。莉菜が記事を書く予定の週刊クレールのライバル誌だ。敵のスキャンダルはきっと欲しがるはずだろう。

週刊標榜のホームページから書き上げた手記を送った。メールで返事が来たのは数日後だった。直接会って話が聞きたいと言う。莉菜のスキャンダルはもちろんだが、昭和の二つの事件の犯人とされる死刑囚の孫同士が親密にしていたことに、向こうは関心を持ったようだった。

初めて莉菜と会った実家近くの喫茶店に、週刊標榜の記者が来てくれた。同じ喫茶店で今度は彼女を陥れるために人と会うなんて、とても皮肉だと思う。

記者が渡してくれた名刺には、

らしい。

『桑原銀次郎《くわはらぎんじろう》』とあった。昭和のスターみたいな名前だな、と思った。社員ではなくフリーランス

「週刊クレールともお仕事をするんですか？」

と私は訊いた。

「それは今のところないですね。週刊標榜の編集長とは縁があって、私がこの仕事を始めたのも、実は彼のおかげなんです。たとえフリーでも、世話になった人を裏切ったらこの業界で仕事ができなくなるかもしれない」

それなら彼が裏切って記事をもみ消すこともないだろう。私は送った手記と同じことを口答で説明した。

「朝比奈京子さんが認知症であることを泉堂莉菜が知っていたのは、間違いないんですね？」

「ええ。はっきり言いました。昔の事件の関係者は、皆死んでるかボケてるって。だから事実かどうかよりも、筋道が整っていればいいと」

酷いな、と桑原がつぶやく。

「そりゃ私だって、祖父の冤罪を晴らしたいと思っています。でもそのために別の人を冤罪に陥れるなんて間違っています」

本心では、大野浩一が冤罪かどうかなどほとんど関心はなかった。莉菜に利用されたという憤りだけが、私の原動力だったのだ。だけど、結局痴話喧嘩なのか、と思われるのが恥ずかしく、私はそのことについてはおくびにも出さなかった。

「それにしても、北海道ですか。泉堂莉菜は立石さんより先に北海道入りして、夕張を取材していたんですよね？」

「ええ。そう聞いています」

「奇遇です。私もちょうどその頃、別の取材で夕張入りしていたんです。もしかしたらすれ違ったかもしれませんね」

正直、週刊標榜という大手の雑誌が自分の書いたあの拙い手記に食いつくのか不安だったが、桑原の関心が想像以上で私は嬉しかった。

「記事にしてくれるんですか？」

「もちろん即答はできかねますが、編集長は乗り気です。泉堂莉菜は、そう露出は多くありませんが、それでも冤罪をテーマにした報道番組や討論番組出演の経験があるし、何より新村事件の犯人の孫という知名度もある。芸能人の不倫を扱うより、よほど有意義だと言っていました。それで謝礼の件ですが、申し訳ありませんが、そう多くはお支払いできないと思います。動画、せめて音声の録音があればまた別なんですけど」

「そうなんですか」

私は少し落胆した。お金が欲しかったからではない。謝礼の金額は、彼らの期待値に比例する。録音のテープがあるとないのとでは、やはり説得力が違うのだろう。でも今更言っても詮無いことだ。

「泉堂莉菜本人に会って話を聞きたいと思いますが、よろしいですね?」

私は頷いた。

取材源の秘匿は大原則だ。桑原は莉菜に私の名前を決して出さないだろう。しかし、取材対象者が認知症であろうが構わないという本音を、莉菜があちこちに吹聴しているとは思えない。桑原が会いに来た時点で、莉菜は私が裏切ったことを知るだろう。どうでもいい。そもそも最初に裏切ったのは莉菜の方なのだ。

彼女と過ごした、あの北海道の素晴らしい夜を思い出すだけで、私の身体は熱く火照る。莉菜の美しい声と絶え間ない潤いを得られただけで、その裏に意図があろうがなかろうが、どうでもいいことではないか——そう考えないと言ったら嘘になる。でもそれこそが莉菜の意図なのだ。

あの身体と美貌で、男も女も懐柔できると思っている。そんな莉菜のやり方に屈するわけにはいかない。そう私は自分に言い聞かせる。

後日、桑原から連絡が来た。記事にするか否かを伝える電話かと思ったが、違った。

『先日お訊ねしようと思ったのですが、やはりデリケートな問題ですし、人目もあったので、お電話での方がいいと思いまして』

その回りくどい言い方で、私は桑原が何を訊ねようとしているのか悟った。

単刀直入に、桑原は訊いた。

『泉堂莉菜と関係はありましたか？』

ない、とシラを切っても良かった。うぶなふりして関係って何ですか？　と白々しく訊き返しても良かった。でも、出版社の人間がそんなデリケートなことを訊くのだから必要なことなのだろうと、私は、

「はい」

と正直に答えた。

『そうですか。いえ、今の質問はもちろん記事には使いませんので、ご心配なく。ただ泉堂莉菜がどのような女性なのか、推し量るためにもお訊ねしなければならなかったんです』

私と莉菜の関係のあるなしが、莉菜の不正を告発することと何の関係があるのだろう。それにしても男女間ならまだしも、女同士で関係があるかなどかなり突っ込んだ質問だ。いくら自由に恋愛ができる時代だと言っても、そういう発想はすぐには出てこないのではないか。

——まさか。

私は恐る恐る訊いた。

「私以外に誰かいたんですか？」

その質問に、桑原は口ごもった。

『うーん。申し訳ありません。私の口からはお教えできないんですよ』

その答えだけで十分だった。女関係でないとしたら、はっきり否定するだろう。そして私は、桑原が信用に足る男であることが分かり安心した。彼は取材源の秘匿を徹底する。復讐のために莉菜が言いふらしでもしない限り、私と彼女の関係が世間に漏れることはないはずだ。

広告に『死刑囚の孫の美人ジャーナリスト捏造疑惑！』という扇情的な惹句《じゃっく》が踊った週刊標榜が発売されたのは、それから三週間後のことだった。

それが早いのか、遅いのか、業界の常識のない私には分からなかった。あれから桑原はすぐに莉菜に連絡を取っただろう。こういう記事が出ることは、莉菜にだって分かっていたはずだ。それなのに彼女は三週間何もしなかったのだろうか。

仮にこれが不倫スキャンダルなら、シラを切り通すという選択もあるかもしれない。しかし、これは単なるスキャンダルではない。彼女の仕事にかかわることなのだ。あの莉菜が事態を静観しているなんて考えられなかった。

私も一冊買って記事を読んだ。情報提供者として私の名前は匿名を貫かれていたが、私とて死刑囚の孫なのだ。身元が暴かれる可能性は否定できない。何より莉菜はジャーナリストだ。今までだんまりを決め込んでいたとしても、記事が出たことで本格的に反撃してくるかもしれない。私は莉菜に喧嘩を売ったも同じ。彼女が本気を出せば、私などひとたまりもないだろう。

やれるものなら、やってみればいい。私は最初っから失うものなんか何もないのだ。戦えば戦うほど、有名人の莉菜の方が傷口が広がるはず。死ぬほど辛《つら》い結果になったとしても、その時は莉菜も道づれだ。

記事には私以外にもう一人、莉菜の横暴の犠牲になったとして彼女の高校時代の同級生の証言が載せられていた。元から週刊標榜は莉菜をマークしていたのだ。それなりに下調べもしていたのだろう。だがその同級生の証言だけでは弱いので、今まで記事にならなかった。そこに上手い具合に私が手記を持ち込んだのだ。

同級生は、自分の無二の親友が莉菜に弄ばれて高校を中退したと証言していた。その同級生の中退した親友は、記事ではMさんと表現されていた。莉菜の被害者代表のような扱いだったので、はっきりとした仮名をつけられているのは彼女だけだった。他の関係者は、同級生とか、友達とか、漠然とした表現だ。

もちろん意味はないだろうけど、Mの女という莉菜の学生時代のニックネームを思い出して皮肉なものだと感じた。莉菜の被害者なのに、莉菜のあだ名と同じ仮名をつけられるなんて。

週刊標榜は女性Mを探し出したが、泉堂莉菜のことは話したくない、と取材拒否されたらしい。莉菜に被害を受けたと告白しているに等しいだろう。

M以外の同窓生たちも週刊標榜の取材に答えていた。死刑囚の孫というレッテルを物ともせず、当時からカリスマ性があって皆のリーダー格の女子だったらしい。それをいいことに、莉菜は気に入った女の子を次から次に手をつけていたという。

あまりに交際が派手だったので、一度問題になりかけた。父母たちの中には莉菜のその出自が校風にふさわしくないと、元から彼女を快く思っていない人間もいたのだ。それでもひっそりと学校生活を送っていれば——私のように——風当たりも強くなかっただろうが、莉菜はあまりにも目立ちすぎた。

莉菜は父母からの批判を避けるために、当時付き合っていたMを生贄《いけにえ》にした。本当は莉菜の方から誘ったくせに、Mにしつこくつきまとわれた被害者のふりをしたのだ。人心掌握に長けた莉菜にはお手の物だった。莉菜に裏切られたMは登校できなくなり、高校を中退した。過去に莉菜と関係を持った女子たちは真実を知っていたが、口をつぐんだ。同性同士の恋愛を好奇の目で見られたくなかったからだが、何より莉菜の報復を恐れた。

莉菜の奔放な女性遍歴を知り、私は開いた口がふさがらなかった。何が恋人は男でも女でも私が初めてだ。もちろん、莉菜ほどの美貌を誇る女のそんな言葉を鵜呑《うの》みにした私が甘かったのかもしれない。しかし莉菜が、呼吸をするように嘘をつく女であることが分かって、一時的にも彼女を愛してしまった自分に嫌悪感を禁じ得ない。

祖父が死刑囚の女なんて、そうそういない。莉菜は私のことを片割れと言った。その言葉に嘘はなかったのだろう。だが嘘がない代わりに、意味もなかったのだ。誰だって良かったのだ、莉菜は。たまたま私の祖父が特別な人間だったから利用しただけなのだ。

その高校時代の同級生の証言だけでは単なるゴシップだろう。でも莉菜が認知症の老人を騙して取材をしていることはゴシップでは済まされない。今まで彼女がしてきた仕事――、著作、雑誌のコラム、討論番組や報道特番での発言、そのすべてに疑問符がつく事態となった。

週刊標榜の記事は府中放火殺人事件の支援者にも広がったようで、両親は関係者への説明に追われた。匿名の記事でも、府中放火殺人事件で死刑宣告を受けた立石豪の孫といえば私しかいないのだ。勝手に取材を受けたことで怒られると思ったが――自分から記事を持ち込んだと言ったら卒倒するだろう――逆に心配された。

莉菜の方から私に会いに来たのは周知の事実だから、子供が危うく騙されかけたという認識なのだ。

「お母さん、あの泉堂莉菜って女《ひと》、最初っから胡散臭いと思った！」

などと母は言った。さすがにその意見には二の句が継げなかった。莉菜がこの家を訪れた時、母は舞い上がり莉菜にケーキなど出して、アキとお友達になってくれてありがとうございます、と頭を下げた。それなのに週刊誌でスキャンダルが出ると簡単に手のひらを返すのだ。そんな言い方ないいんじゃない、と母に抗議しようと思ったが、私が言うことじゃないと思って、止めた。

私は、マスコミが報道したことは皆簡単に信じるんだなと思い、空恐ろしくなった。義父が無実の罪で死刑宣告を受けている、と主張し続けている母ですらそうなのだ。改めて莉菜を告発した自分の行為の重大さを思い知る。

「いろんな女の子に手をつけてたんだってね。アキも危なかったかも」

母は能天気にそう言った。母は私が莉菜と北海道で一夜を共にしたことを知らない。もはや私は返す言葉を持たなかった。

私は記事が出た数日後、莉菜のホームページをチェックしてみた。大野浩一を知っている人物が連絡をくれた――好子だ――ことを伝えるメッセージを最後に、更新は途絶えていた。

掲示板をのぞく。酷い有様だった。元々、美しく弁舌も明瞭な莉菜を快く思っていない人々は大勢いたに違いない。普段は表に出ないそういう人々の悪意が、相手が弱っているとみるや噴出するのだ。皆、有名人の失墜は大好物だ。

こうなることが分かっていて、私は莉菜のスキャンダルを週刊標榜に売った。一度は愛した女が世間の悪意の好餌になっているのを見て、胸が痛まないと言ったら嘘になる。だけど、もうどうしようもないのだ。

私は寒々しい気持ちで、掲示板を見ていった。するとある一つの書き込みに眼が止まった。それはこんなに掲示板が荒れるようになる前のものだった。時刻を見ると週刊標榜発売日の早朝だ。

そこには『今日、泉堂莉菜のスキャンダルが発表されます。今から差し止めは不可能でしょう』との前置きを挟んで、週刊標榜で読んだ、莉菜の同級生の証言とほぼ同じ文章が並んでいた。当事者に成り済ました何者かが刷られたばかりの週刊標榜を手に入れ、すぐさま記事の内容を書き込んだという可能性もある。だが誰がそんな酔狂なことをするのだろう。莉菜を告発した同級生本人によって成されたものと考えた方が自然ではないだろうか。

その書き込みには投稿者のメールアドレスが公開されていた。誹謗《ひぼう》中傷が目的の投稿者は身元につながる情報など残さないはずだ。そうでなくても、迂闊に個人情報をネットで晒《さら》すのは危険だという認識が広がっているので、ほとんどの投稿者はメールアドレスを明かさない。

週刊標榜の記事で分かるのは、莉菜と関係を持ったMが高校を中退したことだけだ。そして莉菜を告発したのはM本人でなく、彼女の同級生なのだ。

——なぜ、今になって告発したのだろう。莉菜の被害にあった本人でもないのに。私は想像する。その同級生も、莉菜と関係があったのではないか。莉菜を頂点とした三角関係。一人は高校を辞め姿を消し、もう一人は十年以上経ってから莉菜の罪を暴こうとする。彼女らの関係がどの程度のものなのか、私には分からない。しかし愛し合い、憎しみ合ったのは確かだろう。そうでなかったら、週刊誌に告発などしない。私自身もそうだからよく分かる。

私も彼女も、莉菜を愛し、そして莉菜に裏切られた。彼女はどんな顔をして、どんなふうに莉菜に愛されたのだろう。会ってみて確かめたい。その欲求を私は抑えられなかった。

13

莉菜と会い、桑原と会った喫茶店に、彼女は来てくれた。莉菜や桑原は向こうの方から会いたいと言ってきたが、今回はまったく立場が逆なのだ。だから私はもっと都心、たとえば新宿などで会いましょうと申し出たのだが、府中に来てくれることになった。何だか心苦しい。

彼女は布施《ふせ》ハルカと名乗った。莉菜のようにショートカットで、少し小柄な身体に豊満な胸を誇示するように、ぴったりとしたニットを着ていた。

「ああいう書き込みをすれば、あなたが連絡をしてくれると思ったんです。桑原さんは絶対に教えてくれませんから」

「だからわざわざメールアドレスを公開したんですね」

「はい。明らかに嫌がらせや、イタズラのメールも多くて大変でした。まあフリーメールだから平気ですけど。でも、あなたからのメールはすぐに本物だって分かりました。文面が真摯って言うか、説得力がありました。待ち合わせのこの場所も府中だったから、これは間違いない」

府中まで来てくれたのは決して私に気を使ったわけでなく、その土地に信憑性を感じたからか。何しろ私は府中放火殺人事件の死刑囚の孫なのだ。

「泉堂と連絡を取り合っているんですか？」

とハルカが私に訊いた。

「いいえ、まったく。正直、もう合わせる顔がないっていうか。あ、もちろん私は悪いことをしたとは思っていません。莉菜の取材のやり方では、また新たな冤罪を生み出しかねないと思いましたから。確かに私の祖父は無実かもしれません。でも、冤罪を晴らすために関係ない人を同じ目に遭わせるなんて間違っていると思います」

ハルカは頷いた。

「あの人、自分が名を上げるためなら、なんでもする人間なんです。泉堂は私を好きだと言ってくれました。かなり深い仲になったんですよ。でも光代《みつよ》が泉堂にアタックしたら、あっと言う間に捨てられました」

私はハルカも莉菜と関係があったと推測し、どうやってそれを問い質《ただ》そうかと考えていたのだが、呆気《あっけ》なく自分から言い出したので拍子抜けした。

「その、光代さんっておっしゃる方は――？」

「早見《はやみ》光代って言います。本名は出せないので、記事では匿名でしたが」

光代のMか。

「光代を中退させたからって、私とよりを戻す訳じゃないんですよ。基本、女の子は使い捨てですから。もちろん私だってもう泉堂なんてごめんですけど。元さやなんかに戻ったら、あまりにも光代が可哀相過ぎます」

基本、女の子は使い捨て――そのハルカの言葉が脳裏にこだました。

「しばらくは泉堂のことなんて考えないようにしていたんですけど、あの女、急にテレビとか出始めたでしょう？　大勢の女の子を泣かせているのに、美貌のジャーナリストなんて持て囃《はや》されているんです。私、悔しくって悔しくって。週刊標榜に何度もコンタクトしたんですよ。でもそのたびに、興味深いけど決定打にかけるって言われて——だから立石さんには本当に感謝しているんです。あのレポートがなかったら泉堂を告発できませんでした」

「レポートなんて、そんな——ただの拙い手記です。記事は記者の方々が取材して書いたものですよ」

「そのきっかけを作ったのは、あくまでも立石さんです！　だからもっと誇っていいんですよ」

ハルカはそう言うが、莉菜を窮地に追いやったところで誇らしい気持ちなんてなかった。ただ、ひたすら心が寒々しい。

それでも私は間違ったことはしていない、と思う。

「莉菜の仕事のやり方は決まっています。誘惑して、コネを作って、情報を聞き出す。ハニートラップと一緒です。新村事件の取材で若い女の子と出会うと、すかさずその子を誘惑して、自分の虜《とりこ》にさせて、いいように利用するんです。あらゆる人生の局面で、そういう手口を使ってのし上がってきたんです、彼女は！」

彼女は莉菜に恨みを持っているから、話半分に聞く必要はあるだろう。だが間違ったことは言っていない。私自身、その手口にはまったのだから。

「記事では莉菜のことを知っている同窓生たちが何人か証言していましたけど、本当はもっといるんですよ。彼女たちにもコンタクトをとって一緒に告発しようと試みましたが、無駄でした。光代と一緒です。騒ぎを起こしたくないとか、いい思い出にしたいだとか、そんな甘っちょろいことを言って——泉堂の思う壺《つぼ》です。だから立石さんが告発してくれて、私、本当に嬉しい！」

テーブルに置いていた右手を、ぎゅっと両手で握られた。びっくりしたけど、彼女はそれくらい必死だったんだと思うと、莉菜に傷つけられたのは私だけではないのだ、と認識を新たにする。

「私、布施さんに一度お会いしたかったんです。莉菜が選んだ私以外の人と、お話がしたくって——」

桑原はハルカに、私と莉菜に関係があったことを告げていないと思うが、隠しても仕方がない。どうせ彼女には分かることだ。

「立石さん。泉堂にもう一度会う勇気はありますか？」

とハルカは訊いた。

「え——」

そんな質問をされるとは思わず、私は言葉に詰まってしまった。

「泉堂はホームページの更新もしないで、雲隠れしています。ジャーナリストは、普段他人を偉そうに批判しているからこそ、自分は清廉潔白でなければなりません。それなのにこういうスキャンダルが出ると、何の弁解もしないで逃げるなんて間違っています。そう思いませんか？」

ハルカは、今にもテーブルを叩かんばかりの勢いで熱っぽく語った。莉菜も以前、同じようなことを言っていたな、と思った。

「――じゃあ、どうすると？」

私は恐る恐る訊いた。

「あの女を引きずり出しましょう」

「引きずり出して、どうするんですか？」

「糾弾するんです。泉堂が私たちにしてきたことを、世間にどうやって言い訳するのか見物じゃないですか？」

「公開裁判みたいなものですか？」

「まあ、そう言うと印象は悪いですけど、そのようなものです」

私はもう二度と莉菜と会うことはないだろうと考えた。だからこそ、あの手記を週刊標榜に送ったのだ。もちろん後悔はしていない。だが、莉菜は私の裏切り行為にはらわたが煮えくり返っているに違いない。そんな彼女と面と向かって会う勇気は、正直ない。

「立石さん？」

うつむいている私を覗《のぞ》き込むように、ハルカは言った。

「――あんな告発をしておいて、今更どの顔で会えばいいんですか？　それも公開裁判なんて。突き落として溺れさせて、その上、棒で叩くようなものじゃないですか」

「甘いですよ。あんな記事が出たぐらいで泉堂がダメージを受けると思いますか？　今は一時的に身を隠して、ほとぼりが冷めるのを待っているだけです。世間の人もすぐに忘れるでしょう。今のうちに、二弾、三弾の話題を提供して世間のバッシングを盛り上げる必要があるんです。そうしなければ泉堂は倒せません」

ハルカの申し出を拒否する資格なんて私にはなかった。一度手を染めたら、最後までやり通さなければならない。これが告発の代償なんだと思った。

「公開裁判って具体的にはどう――」

「小規模の会場を借りて、そこに泉堂を呼んで追及します。裁判の様子はネットで中継して誰でも見られるようにします。週刊標榜は乗り気ですよ。裁判が話題になれば、また特集記事が書けますから」

莉菜に世間が注目すれば、記事が売れる。記事が売れれば、更に莉菜に注目が集まる。そうなることをハルカは狙っているのだろう。

「莉菜は姿を現すんですか？」

「問題はそこです。たとえ公開裁判が行われなくても、週刊標榜は次の記事を書くと言っています。裁判を欠席するのは、後ろめたいことがあるって自分から言っているようなものですから。でもやはり、泉堂が醜態を晒す映像を拡散した方がインパクトがあるでしょう。泉堂は週刊標榜から取材を受けたのを最後に、消息を絶っています。今、どこでどうしているのかも分からない。近々まで泉堂と付き合いがあったあなたなら、もしかしたら連絡が取れるんじゃないですか？」

確かに私は莉菜の、取材用ではない特別な名刺を持っている。でもそんなことは問題じゃない。

「ごめんなさい。私には、そういうことはできそうにありません」

「どうして？　泉堂が憎くないんですか？」

「私と布施さんの告発で、週刊標榜に記事が出ました。私としては、これ以上は望みません。この件を引きずると、府中放火殺人事件より泉堂莉菜のバッシングが優先されかねません。私はそれが怖いんです」

嘘だ。府中放火殺人事件なんて本当はどうでも良かった。私はもうこれ以上莉菜を攻撃したくなかった。私のした行為で莉菜が世間から批判されるのは仕方がないけど、後はハルカが勝手にやればいい。私はもうかかわりたくない！

ハルカは不満そうな顔をしたが、私の決意が固いと分かるや、

「仕方ないですね。やはり泉堂も立石さんも普通の方ではないですから。運動を優先させるというお気持ちは分かります」

などと言った。そのハルカの目は、しょせん、あなたも泉堂莉菜と同じだ、という嘲りが感じられた。あなたもお祖父さんの冤罪を晴らすためなら、どんなことでもするんでしょう?

その嘲りは、むしろ私にとっては勲章だった。ハルカには死刑囚の祖父はいない。ハルカだけではない。高校を中退したMこと早見光代も、それ以外の女たちだって。どんなに莉菜に女がいたとしても、莉菜の片割れは私だけ。だからこそ、そうでないハルカは必死になって莉菜を糾弾しようとする。莉菜にかまって欲しいから、莉菜を完膚無きまでに倒さなければ、彼女と対等になれないと思っているから。

「でも、いずれ泉堂は見つかるでしょう。週刊標榜も必死に彼女を追っていると思いますから。何しろ向こうは何十万部も出ている週刊誌ですからね。有能な記者が何人もいます。きっと泉堂を探し出せるはずです」

私の協力を得られなかったのが面白くないのか、ハルカは悔し紛れにそんなことを言った。

「見つけ出せたとしても、彼女が裁判に出るかどうかは分かりませんよね? 裁判と言っても、しょせんネットの番組で法的な効力はありません」

「いえ、出るでしょう。出演料を積めば」

「そんな、莉菜はお金欲しさに動くような人間じゃないです」

「泉堂は本を売るためなら、なんでもする女ですよ」

「それはそうだと思います。でも、今回は糾弾するために莉菜を引きずり出そうって言うんでしょう？　嫌な思いをするのが分かっていて、それでもお金が欲しいと？」

ハルカは笑った。その目は完全に恋のライバルに向けるそれだった。

彼女の口調が少し横柄になった。

「合法的にお金を稼ぐためだったら、人間は何でもするの。有能な人間であればあるほど、そう」

私は黙った。

莉菜にもあの会社でくすぶっていると言われた。お金よりも大切なものがあると思う私は、有能な人間ではないのだろうか。だから莉菜を失ったのだろうか。

自分で望んでこうなったのに、私は満足しているのか、それとも後悔しているのか、分からなかった。

話に進展はないまま、ハルカは帰っていった。彼女は何も言わない。だが、面と向かって莉菜と戦えない臆病者、そう私を嘲っているように思えてならなかった。

その後、ハルカから連絡が来た。週刊標榜の桑原銀次郎が莉菜を見つけ出したそうだ。あんな記事が出てもまだ莉菜を信じている女性は少なくないらしく、莉菜はその内の一人の自宅に身を寄せていたという。私は何も思わなかった。莉菜が何人女を囲おうが、もはや驚くに値しない。

桑原が莉菜を説得し、莉菜は彼らが裁判と呼ぶネット番組への出演を条件付きで受け入れた。その条件とは、番組の収録現場に私を呼ぶことだという。

「私も番組に出ろと?」

『泉堂はそうは言っていません。ただ現場に来てほしいと、もしかしたら収録の前後に立石さんに何か話したいことがあるんじゃないかな。今更何を話すつもりなのかわからないけど』

電話先でハルカはそう言った。

「——卑怯だ」

私はぽつりとつぶやいた。

『え、なんです?』

「ごめんなさい。何でもないんです」

莉菜は、卑怯だ。公開裁判を開くかどうか、私に決めさせようというのだ。莉菜を裁くかどうか私に決めさせる。それが裏切った私に対する復讐のつもりなのか。

『お願いします。来ていただけませんか？　もちろん私もいます。週刊標榜の記者もいます。前回お会いした時は失礼なことを言いましたが、もし泉堂と会いたくないのであれば、私たちが守ります』

「それじゃ莉菜が納得しないでしょう」

『いえ、条件は、あくまでもあなたに来て欲しいというだけですから』

来て欲しいというのは話がしたいからではないのか。まさか顔を見たいというだけではないだろう。私に何かをアピールする気なのか。

私が拒否したら、きっとハルカは落胆するだろう。おそらく、あの桑原という週刊標榜の記者も。

――いや、そんなことは関係ない。ハルカや桑原がどう思おうが、どうでもいいことだ。自分にとって最善の選択をするべきなのだ。

私は――。

14

一カ月後、私は東京駅にほど近いホテルのロビーにいた。

莉菜と泊まった札幌のホテルとは比べ物にならないほど豪奢《ごうしゃ》なロビーだった。きちんとした身なりの男女が、ソファーに深く腰を沈めて談笑している。以前の私だったらやはりガチガチに緊張しただろうけど、意外と平気だった。開き直っているからか、それとも莉菜と出会って性格が変わったからか。

ただ、ばったり莉菜と出くわしてしまうことを恐れる気持ちは持っていた。だったら公開裁判なんて馬鹿らしいと一蹴すれば良かったけれど、あの莉菜が何の考えもなしに裁判に臨むなど考えられない。ましてや出演料欲しさだなんて。お金儲《もう》けが目的だとしても、そんな端金《はしたがね》欲しさに進んで晒し者になるはずがない。

フロント近くには液晶の掲示板が設置されていて『本日のご宴会・ご会合』とある。パネルには、これから執り行われる予定の莉菜の裁判も色鮮やかに表示されている。もちろんネットテレビ収録という名目だったが。本当に『泉堂莉菜公開裁判』と表示されていたら何事かと思われるだろう。

その下の『日本推理作家協会懇談会』という予定をぼんやりと眺めていたら、向こうからハルカと桑原がやってきた。私は立ち上がり、軽く会釈をした。

「わざわざ、来ていただいてありがとうございます」

と桑原は言った。

「いえ——莉菜は？」

「昨日からこのホテルに自腹で宿泊して、部屋から一歩も外に出てないみたいです」

「追及に備えて精神統一でもしてるんじゃない？」

　そう言って、ハルカはケラケラと笑った。でもすぐ真顔になって不安そうに言った。

「見張りをつけているわけじゃないんでしょう？　逃げたらどうしよう」

「その心配はないと思います。すでに泉堂莉菜が番組に出演することは大々的に告知しています。これですっぽかすようなことがあれば、彼女の社会的信用は完全に地に落ちるでしょう。彼女がそれを分かっていないとは思えません」

　桑原の答えに、ハルカは満足したようだった。

　ネットテレビの視聴者数は、有名タレントが出演した場合、百万人とも言われている。もちろん地上波のテレビに比べれば少ないし、莉菜は芸能人ではないのだから、視聴者数はそれ以下だろう。それでも数万人――週刊標榜の知名度を考えれば数十万人でも不思議ではない――もの人間が今日の放送を観《み》るのだ。また一度流れた放送は、動画サイトにアップされ何度も繰り返し人目にさらされる。莉菜を追及し、恥をかかせる計画は、桑原とハルカによってちゃくちゃくと進行していた。

　すっぽかせば莉菜の社会的信用が失墜すると言うけれど、このまま裁判に臨んでも同じ結果になるとしか思えない。莉菜、あなたにはどんな考えがあるの？

「それで、私はどうしたらいいんでしょう？」

　そう桑原に訊いた。収録の現場に来るのはいいとしても、番組に出る気はないと私は再三桑原に言っていた。

「取りあえず、控室で待っていただく形になると思います。ご心配なく、そこに泉堂莉菜が来ることはありませんから」

私は桑原の言葉に頷くが、今日のいつの時点か分からないが、莉菜と会うことになるだろうと覚悟していた。それ以外に、私がここにいる理由はない。

「ホスト役は私が務めます。基本、私の質問に泉堂莉菜が答える形になると思います。一応、収録の段取りは決まっていますが、もし何かおっしゃりたいことがあるのなら番組に出ていただいてもかまいません。お顔は映さないように配慮するので」

桑原もそれを望んでいるのだ。上手くいったら泉堂莉菜とその女の恋人との痴話喧嘩が撮れるかもしれない。桑原はマスコミの人間だ。他人のトラブルがいかに金になるかを第一に考えているはず。

「私は、収録に参加しますよ」

とハルカが言った。

「顔を出したってかまわない」

「いえ、念のため衝立《ついたて》越しでお願いします。お顔を放送してしまって、後日、泉堂莉菜のシンパに狙われたら週刊標榜の責任問題にもなりかねませんから」

「シンパなんているの？」

そう言って、ハルカと桑原は笑いあった。私は何にも面白くなかった。

時間が来たので、私たちは別室に移動した。収録現場となる小ホールの隣の部屋だ。壁一枚隔てた向こうの空間で莉菜が追及され、それをこの部屋で見ると思うとやる瀬ない気持ちになった。

私とハルカが部屋に入ると、週刊標榜やネットテレビの人間が一斉に好奇の目で見てきた。私と莉菜の間に関係があったとは記事には出ていないけれど、ここにいる人間は当然すべて知っている。私は出来るだけ彼らと目を合わせないようにしながら、部屋の隅のソファーに座った。

中央には大きなテレビが置いてあり、そこには小さな椅子と小さなテーブルが映し出されている。隣の部屋の様子だ。テーブルの上には、グラスと、スポンサーなのかペットボトルのお茶が置いてある。私は涙が出そうになった。今から莉菜がそこに座って、桑原から情け容赦のない質問を浴びせかけられるのだ。

五分——十分——私は予定の時間になるのを待った。

そして、それは始まった。

久しぶりに見た莉菜は、焦燥しているふうでもなく、最後に会った時と同じ様子だった。いや、むしろ堂々としていた。もちろん内心は分からない。だが、弱っている様子を見せつけて同情を引こうだなんて気はさらさらないことが分かって、私は不思議と安心した。わざとらしい演技をして現れたら、莉菜も普通の人間だったんだ、と失望してしまっただろう。

本物の裁判のように莉菜は椅子に座らされた。それ以外に映っているものは部屋の壁しかなかった。覚悟はしていたがショックは小さくなかった。本当に晒し者のようだったからだ。

桑原がここにいたる経緯を、簡単に口頭で説明している。桑原が時折画面に映るが、背中と後頭部が見えるくらい。それも余計に莉菜が晒し者になっているという印象を強めた。

ハルカは部屋のテレビではなく自分の携帯電話で番組を観ていた。ちらりとのぞく。テレビは隣の部屋が映っているだけだったけど、ハルカの携帯にはそれ以外にも何か表示されている。画面右側のテキストが、どんどん下から上へと流れてゆく。番組を観ている人がコメントを残しているのだろう。第三者の視聴者の好き勝手な意見など、当事者の私には読む気にはなれない。ハルカはよく平気なものだ。

「凄い。もう視聴者数三百万人突破！」

私は目眩《めまい》がしそうになった。

画面に映る莉菜は、それだけの人々の見せ物になっているというのに、毅然とした態度を崩さない。そんな莉菜を見ると、私は今すぐに彼女に駆け寄りたい衝動に襲われる。

駆け寄ってどうする？

あの時殴ったことを謝るのか、それとも頑張ってと励ますのか。どっちにしたって白々しい。

背中しか見えない桑原が口火を切る。

『それでは始めさせていただきます。まず、どのようなお気持ちでこのような場に臨まれたのか、お聞かせ願えますか？』

『週刊標榜の記事は拝見しました。言い訳ではありませんが、私としても弁解したいことがあるので、この場を設けていただき感謝しています』

と莉菜は言った。その口調もいつもの、いやもっとしっかりとしたものだった。こんな裁判なんかに押しつぶされやしない、という彼女の強い決意が感じられた。

『まず、府中放火殺人事件の被害者、森川ナカさんの知人の女性に認知症の疑いがあることを知って証人にしようとした。これは間違いないですか？』

『証人と言うと語弊があります。私の仕事は、新村事件をテーマにした書籍の出版や、特集記事を書くことです。もちろん森川ナカさんの知人女性のことを書く時は、認知症の疑いがあると但し書きをつけるつもりでした』

『女性の自宅を後にしてから、あなたは同行者の府中放火殺人事件の関係者に、昔の事件の関係者は皆死んでるかボケてる。だから事実がどうかよりも筋道が整っていればいいと言いましたか?』

『その同行者は興奮しているようだったので、彼女をなだめるためにそういう意味のことを言ったかもしれません』

私は思わず目を伏せる。莉菜は更に言葉を続ける。

『しかし、調査結果に筋道が通ってなければならないのは原則です。筋道が通って初めて調査の裏取りもできます』

『あなたは裏取りをするつもりでしたか?』

『もちろんです。それをしようとする最中に今回の週刊標榜の記事が出て、取材どころではなくなってしまいましたが』

『泉堂莉菜さん。あなたは新村事件における第一人者ですね?』

『第一人者かは分かりませんが、恥ずかしい仕事はしていないと自負しています』

『ならば余計にこのようなスキャンダルは問題ではないですか? 過去の事件だから捏造《ねつぞう》していいとなったら、ジャーナリズムは成立しなくなる。今までのあなたの仕事がすべて間違っていた——そう疑われかねない事態なんですよ』

『捏造した覚えはありません。私がしたのはただの推測です。推測すらしてはいけないとなったら、それこそジャーナリズムは成立しません』

その後も、莉菜と桑原は議論を繰り返していた。主に、私の手記の内容に関係することだった。

正直、話が嚙《か》み合っているとは言い難かった。視聴者はこんな不毛な言い争いが面白いと思っているのだろうか。

内容など二の次なのだ。そもそも府中放火殺人事件にも、新村事件にも、興味のない人が大半だろう。世間でバッシングを受けた人間がどう弁解するのか、三百万人の人々が観たいのは、それだけなのだから。

「ああ言えばこう言う！　意味ないよ、こんなの。自分をアピールするのは泉堂の得意技だもん。これじゃあ、泉堂の好感度を上げることにもなりかねない」

そうハルカは苛立《いらだ》たしそうに言った。だが私の手記だけでは、記事の半分にしか満たない。ハルカの訴えの方がより煽情《せんじょう》的でいかにも週刊誌好みだ。そちらを追及されたら、さすがの莉菜も平然とはしていられないだろう。

『それでは質問を変えさせていただきます。あなたのせいで高校を中退したと証言された女性――記事中ではMさんの訴えです。本当はあなたの方から誘ったにもかかわらず、Mさんに責任を押しつけ彼女を中退に追い込んだ。このことは本当ですか？』

今まで毅然とした態度を保っていた莉菜が、Mの名前が出るとほんの少し顔を引きつらせた。私の目の錯覚かと思ったが、そうではなかった。今までどんなに桑原に追及されても、まるで立て板に水のように返事をしていた莉菜が初めて言葉に詰まったからだ。

『――すいません』

莉菜は断って、ペットボトルのお茶を手に取った。グラスに注いで一口だけ飲んだ。いつもの莉菜だったら討論の最中に喉を潤すなんてことは、きっとしないだろうに。

『それは、誰が言っているんですか？』

莉菜が訊いた。

『Mさんのご友人の方です。ここで名前を言うことはできませんが』

莉菜は当然、Mが早見光代であることを知っている。その友人がハルカであることも、おそらく勘づいているだろう。私は、興奮した莉菜が私や彼女らの実名をぶちまけるのではないかと、気が気ではなかった。

別に私の名前が世間に知られたってかまわない。それよりも、莉菜が世間に感情的な姿を晒さないか心配だった。こういう場で取り乱したら、イメージダウンは計り知れないだろう。

『M本人が言っているわけではないんですね』

『我々はMさんにも取材を申し込みました。少し話をしましたが、あなたのことを忘れたがっているようでした。その態度がすべて物語っているかと』

『被害者のM本人が私を告発したのではない、というのは確かなんですね』

『仰る通りです。ただ我々は、あなたやMさんの高校の同窓生多数に話をうかがいました。あなたとMさんの間に関係があったこと、結果、Mさんが高校を中退したことはすべて事実です。その同窓生の名前をここで言う訳にはいかないことは、ジャーナリストのあなたには十分分かっていますよね？』

そう桑原が言うと、莉菜は逆に訊き返した。

『じゃあ、あなたの名前を言ってもいいですか？』

『はい？』

テレビでこの裁判を観ているスタッフたちが騒《ざわ》めいた。

「――どういうこと？」

ハルカもつぶやく。私は固唾《かたず》を呑んで莉菜の言葉に耳をすませる。

『あなたもジャーナリストですね？　なら公の場で名前を言っても構わないはず』

『別に隠しているつもりはありません。私は週刊標榜の記者の、桑原銀次郎です』

『契約記者でしょう？　つまり基本はフリーランス、私と同じです』

『――何を仰りたいんですか？』

桑原が憮然とする。

『桑原さん。あなたは以前、証券会社にお勤めでしたね。にもかかわらず今はフリーライターをやっている。もちろん証券マンがライターに転職してはいけないという法律はありません。でも変わった経歴なのは間違いないですよね？』

私は息を呑んだ。この裁判に臨むにあたって、莉菜は桑原の過去を調べたのだ。

『――私の経歴が、今回の収録に何の関係があるんですか？』

莉菜はその桑原の質問には答えず、話を続ける。

『週刊標榜の中田《なかだ》編集長と、あなたは大学時代の先輩後輩の間柄です。証券会社でトラブルを起こしてクビになったあなたは、中田編集長に拾ってもらいライターになった。そうですよね？』

『だから、それが何の関係が！』

痛いところをつかれたふうだった。莉菜が感情的にならないか心配だったが、今や立場が逆転していた。

莉菜は止《とど》めの一言を言った。その表情は勝ち誇った者のそれのように見えた。

『あなたは認知症の老人に株を売りつけて、証券会社を辞めざるを得なかった。違いますか？』

しばらく誰も、何も言わなかった。画面の中の莉菜でさえ。彼女はまっすぐに一点を見つめていた。桑原銀次郎を。彼が口を開くのを、三百万人の視聴者が待っている。

『それは今日の収録とは何の関係もない話です』

その桑原の答えは、莉菜の発言が正しいと認めたに等しかった。

『そんな発言で、私や、この番組を観ている方々が納得すると思いますか？』

他人を偉そうに批判しているからこそ、自分は清廉潔白でなければならない、と言ったハルカの言葉が思い出された。

「なんで、あんな人をホストに選んだんですか⁉」

そのハルカは、部屋にいる週刊標榜の人間に怒鳴っていた。彼はハルカの剣幕にあたふたしながら、

「まさか、銀ちゃんの証券マン時代のことを調べ上げてきたとは――」

と人ごとのようにつぶやいた。話に出ていた編集長の中田だろうか。

『そのことは、会社も辞め、弁済もし、謝罪もしています。故意ではなかったから、刑事事件にもなりませんでした。すべて終わったことです』

唾を飲みこむ喉の動きが見えるような、たどたどしい声だった。

莉菜は微笑んだ。

『私はただ認知症の疑いがある老人に話を聞いただけで、こんな場所に引きずり出されました。まだ何の記事も書いていないにもかかわらず』

身体の震えを抑えるのが必死だった。一度喧嘩したぐらいで、私はなんてことをし

てしまったのだろう。後悔という重りが、私をソファーに押さえつけて、立ち上がることすらできない。

『そのことに関しては、後日、週刊標榜の誌面を借りてでも説明したいと思います。私の過去の過ちを暴いたところで、あなたの罪が許されるというものでもないと思いますが。今話題になっているのは、あなたが高校時代、同級生のMさんと関係を持ち彼女を高校中退に追いやったことです。そのことについて、なにか申し開きはありますか?』

そうだ。私の手記の内容を、桑原の過去の過ちを暴いてうやむやにしたとしても、Mの問題がまだ残っている。見方によっては、桑原が信用できないホストだというレッテルを貼り付け、責任逃れをしているだけと捉えられかねない。

莉菜は――。

不敵な笑みを浮かべ、桑原に訊いた。

『そちらに、その件に関する証人はいるんですか?』

『もちろん。あなたの証言次第では、今、ここに来てもらってもかまいません』

ハルカのことだろう。私は出ないと言っているし、Mの問題に関しては部外者だ。

『分かりました』

そう莉菜は頷き、意外なことを言った。

『それでは、こちらも証人を呼んでよろしいですか？』

『はい？』

桑原は思わず聞き返す。テレビを観ている皆も騒めく。

『私も今日この日に備えて、Mさんのことについて調べていました。これが裁判というなら、私にも証人を出廷させる権利はあるはずです。何しろ、こっちには弁護士もいないんだから』

そう言って、莉菜は小さく笑った。

『認められないのなら、私は今すぐ帰らせていただきます。それで私が逃げたなど口汚く批判する人は現れないでしょう。だって逃げたのはそちらの方なんだから』

この収録を続けるには、莉菜の挑発に乗る他ないのは、火を見るよりも明らかだった。桑原がスタッフを呼んで、二言三言話をしている。現場の混乱がテレビ越しにもありありとうかがえた。

「何なの？」

ハルカはつぶやく。おそらく、三百万人もの人たちがハルカと同じ気持ちなのだろう。もちろん、私もそうだ。

桑原は言った。

『分かりました。その証人の、お顔を隠す必要は？』

『ありません。証人も、素顔を出すことを了承しています。後になって実は偽物なんじゃないかと、あらぬ疑いをかけられるのは望むところではありませんので』

『その証人は?』

『この部屋の扉の前にいます。呼んでいいですか?』

『——どうぞ』

『入ってください』

莉菜は放送を通じて証人に呼びかける。収録が行われている部屋に誰かが入ってくる気配がした。桑原はそちらを直視したまま動かない。莉菜は桑原を見つめ続けている。

入ってきたのは、女性だった。いったい誰だろうと思う間もなく、ハルカが叫んだ。

「あいつ!」

すぐさまハルカは部屋を飛び出して行った。収録現場に乗り込む気だ! だが彼女が錯乱して暴れれば暴れるほど、よりいっそう莉菜の冷静沈着さが際立つだろう。莉菜は、他人を挑発しても自分から挑発に乗るような人間ではない。

しかし予想に反して、一向にハルカがテレビ画面に映り込むことはなかった。

莉菜は高らかに言った。

『ご紹介します。Mさんこと早見光代さんです』

ここにいるすべての人間が騒めいた。私はあまりのことに絶句し、何の言葉も発することができなかった。

『何故、彼女がここに――』

桑原はつぶやいた。週刊標榜の記事では、Mさんの所在を突き止めたが取材拒否されたとある。きっとその記者が桑原だったのだ。

『椅子をもう一つ用意していただけませんか?』

莉菜のその急《せ》かす声で、慌ててスタッフたちが莉菜の隣に椅子を用意する。そんなことにも気が回らないほど、早見光代の登場はこの場にいる皆に衝撃を与えていた。

『早見さん。あなたは取材を受けられないとおっしゃったはずですが』

と桑原が言った。莉菜がはっきりと彼女の本名を言い、彼女も拒む素振りを見せなかったので、桑原もそれに倣うようにしたようだ。

『はい。確かにそう言いました。でも、あんな記事が出るだけならまだしも、こんなふうに泉堂さんが晒し者になるのなら、彼女をかばってあげなきゃいけないと思いました』

か細い声で、光代は語った。

『私が泉堂さんのせいで高校中退したなんて、真っ赤な嘘です。そんな事実はありません。泉堂さんは女子から人気がありました。バレンタインにチョコレートをもらうのも珍しくありませんでした。そういうの、知らない人が見たら同性同士で何をやっているんだろうと思われかねませんが、違うんです。女の子が女の子に憧れるなんて普通のことなんです。それを関係があったなんて——私たちの思い出を、いかにも中年男性が好きそうな性的な記事にでっちあげるなんて、あまりにも酷いです』

桑原は言葉を失っていた。光代の登場は、この収録現場に爆弾を落としたにも等しかった。

『私は早見光代さんにこの収録に参加してもらう条件として、顔と名前を隠すことを提案しました。しかし彼女は、何一つやましいことはないとおっしゃったので、実名での出演の運びになりました。その彼女の決断が、彼女の証言の確かさの裏付けだと思うのですが、いかがですか？』

終わった、と思った。今や完全に莉菜が場を支配していた。それは桑原の様子を見ているだけで明らかだった。さっきまで堂々としていたのに、スタッフを呼んであたふたと何か相談している。番組はほとんど成立していなかった。

『桑原さん。せっかく、早見光代さんに来ていただいたのだから、もう少し彼女の話を聞いてもいいですか？』

『——どうぞ』

力のない桑原の声。

莉菜は光代に頷きかけ、光代も頷き返す。

『私が高校を中退したのは、当時付き合っていた人の子供を妊娠したからです。生徒が妊娠したなんて体裁が悪いから、学校はひた隠しにしていました。そうしたら、私が泉堂さんと仲が良かったことから、彼女に弄ばれたという根も葉もない噂が広まってしまいました。何の根拠もない話なんです』

『――じゃあ、最初に取材にうかがった時、そのことをはっきり言ってくれれば良かったのに』

『泉堂さんのせいで私が中退したことになっていると知ったのは、出産後でした。私は泉堂さんに申し訳なくて――。でもどうすることもできません。だから私は、そのことを忘れようとしました。それなのに、こんな何年も経ってから高校中退のことを、根掘り葉掘り訊かれるいわれはないと思いました。正直、その時ちゃんと答えていたら、こんなくだらない、茶番みたいな番組が行われることもなかったと考えると、後悔しています』

光代が話し終えると、間髪を入れず、莉菜が言った。

『本人がいないので実名を公表するのは避けますが、黒幕が誰だか分かっています。早見光代さんが高校中退した問題を、週刊標榜に持ち込んだ人間ですね』

ハルカは、さっき出て行ったっきり戻ってこない。莉菜がいる部屋に現れる気配もない。

『彼女――そう、記事のMに倣ってHとでもしましょうか。高校時代、私はHにつきまとわれていました。誘われたことも一度や二度ではありません。私はそのたび、毅然とした態度でHを拒否しました。そうしたら、Hは私を恨むようになりました。早見光代さんが私のせいで高校中退したとされたのも、Hがそういう噂を流したからだと私は見ています。それで私も中退に追い込もうとしたんでしょうけど、私は普段から死刑囚の孫ということで中傷を受けていましたから。中傷のネタが一つ増えたぐらい、どうってことはありませんでした』

『泉堂さんが、お祖父さんの事件のことで有名になって本を出したりテレビに出たりしたから、それを見た、ハル――いえ、Hが高校時代の恨みを忘れられず、泉堂さんを陥れようとしてスキャンダルを雑誌に流したんだと思います』

『――どうしてHは、その情報を週刊標榜に――どうせガセだとばれるのに』

桑原はぼんやりとした様子で言った。まだ事態を呑み込めていない様子だった。

『Hには、早見光代さんがこのような場には出てこない、という確信があったからです。早見さんの子供の父親のことです。子供の父親は事情があって明かしていません。それを公にすると、迷惑を被る人が大勢いるからです。私も父親が誰だか知っていますが、公表は差し控えます。早見光代さんのプライバシーにもかかわるし、そもそも、この問題とはいっさい関係ないことですから』

『泉堂さんの言う通りです。泉堂さんが私を弄んだなんて事実はありません。でも、私はそういうことになっているなら、その方がいいと否定の声を上げませんでした。むしろ高校中退の本当の理由のカモフラージュになると思って――それはやっぱり間違っていたんです。私が口をつぐんでいることで、泉堂さんが謂れのない批判を受けているのであれば正さないといけない。そう思いました』

決して大きな声ではないけれど、はっきりとした口調で光代は語った。私は涙が出そうになった。北海道で、私は莉菜と愛し合った。莉菜のことを大切に思った。でも私は一度だって、光代ほど真摯な態度で莉菜と向き合ったことがあっただろうか？

桑原は手元の資料を繰ったり、他のスタッフと小声で話したり忙《せわ》しない。光代の登場は――しかも莉菜の味方をするなんて――完全に予想外だったに違いない。

『一ついいですか？』

と莉菜が言った。この番組をどうやって進行していいのか、完全に見失ったのだろう。桑原はまるで莉菜に請うように、うわずる声で、ど、どうぞ、と言った。

『私は週刊クレールとお付き合いがあります。そのことはご存じですね？　何しろ週刊クレールは週刊標榜のライバル誌ですから』

莉菜が何を言い出すのか、皆、固唾を呑んで見守っていた。

『桑原さん。あなたは最近、夕張に行きましたよね？』

息を呑んだ。私も莉菜と北海道に行った。でも莉菜が先に北海道入りしていたので、私は彼女の後を追う形で一人で飛行機に乗ったのだ――。

『あなたと同時期に、私も偶然夕張にいました。あのバー――実名を出すのが拙《まず》いなら、あなた方に倣ってMとしておきましょうか？』

光代、そしてメタモルフォーゼのMだ。

『あなたがMの周辺を探っていたのは分かっています。あなたは週刊クレールに連載小説を書いている、花田欽也《はなだきんや》氏を取材するために北海道に行ったんでしょう？　でも彼は網走在住じゃなかったですか？』

桑原はゆっくりと立ち上がった。

『あなたは花田欽也氏のスキャンダルを暴いて、週刊クレールをバッシングする記事を書こうとしたんじゃありませんか？　私は週刊クレール側の人間です。だからあなた方の目的は、私や花田欽也氏ではなく、週刊クレールを攻撃すること――』

桑原は莉菜と光代のいるテーブルに近づいて行って、彼女らと小さな声で話し始めた。花田欽也の件は関係ない、だとか、あれはまったく別の話だ、などという声が漏れ聞こえてくる。やがて、どんなに小声で話しても視聴者に筒抜けであることに気付いた桑原は、画面から消えて行った。司会進行の役目を放棄したと見なされても仕方がないだろう。

そして莉菜は高らかに宣言した。

「この場を借りて、視聴者の皆さんにお願いがあります。新村事件が起こった昭和二十七年前後に競輪選手だった、大野浩一という人物を探しています。彼は新村事件以後、北海道に移住し、そこで家族を持ちました。しかしその後、家族を置いて失踪し、それ以降の消息は杳《よう》として知れません。大野浩一をご存じの方は私にご連絡ください。よろしくお願いします」

その瞬間、視聴者は思い出しただろう――泉堂莉菜は、新村事件を専門にするジャーナリストだと。決して、こんな茶番でおもちゃにされるような女ではないのだと。

それからの番組収録は酷いものだった。放送時間はまだ残っているのに、桑原はいっこうに姿を現さず、スタッフが事態を収拾させようと右往左往している。放送事故と言ってもいいかもしれない。

莉菜と光代は現場の状況から取り残されたように座ったまま何も喋らない。光代は伏目がちだが、莉菜は桑原やスタッフたちを哀れんでいるかのようだ。いや――。私を哀れんでいるのだ。莉菜はここに私がいることを知っている。私の存在が番組収録の条件だから。

気づくと、部屋にいる週刊標榜の関係者は、皆憎々しい目で私を見ている。私もハルカの仲間だと思われているに違いない。私たちのガセネタで大恥をかいたと言いたいのだ。そうか、このために私を収録現場に呼んだのだな、と思った。週刊標榜の人間に私を非難させるために。それが莉菜の復讐なのだ。

週刊標榜の桑原や中田編集長に何を言われても構わない。たまらなかったのは、壁一枚隔てた向こう側の部屋に莉菜がいることだ。もし莉菜がこの部屋に来たらどうしよう？　私はもう莉菜と顔を合わせられない！

皆の冷たい視線を振り払うように、私は部屋から外に出た。駆け足で廊下を進む。早く府中に帰ろう。そしてベッドに潜って何もかも忘れて眠ろう――。

でも、

「アキ！」

その懐かしい声で、私は立ち止まった。

振り返る。莉菜がそこにいた。

少し肩で息をして、今のテレビ収録とはまるで違った顔をしていた。まるで今にも泣き出しそう。でも泣き出しそうなのは私も一緒だ。

私はすぐさま莉菜から顔を背け、再び歩きだした。彼女とどんな顔をして会えばいいのか分からない。

しかし莉菜は執拗《しつよう》に後を追ってくる。

「アキ！　待って！」

「待たない！」

「アキ！」

追いついた莉菜が私の肩をつかんだ。私は莉菜の手を必死に振りほどこうとするけど、莉菜は凄い力で私の腕を取り、自分の方に向き直らせた。

愛して、憎んだ莉菜の顔が、目の前にあった。

「──番組は？」

「あんなのはどうでもいい。アキに会いたかったから出演したの。それだけだよ」

私は抵抗を止《や》め、力なく腕を下ろした。莉菜も、私をつかんだ手を静かに離した。

「──あの人、いなくなったよ」

「布施ハルカでしょう？　きっと逃げたんだ。高校時代から私につきまとってる女。最近大人しくしてると思ったら、こんな馬鹿なことを始めて。あなたも週刊標榜も、あの女に利用されただけ」

「花田欽也って──？」

「あなたより先に北海道に入って、夕張で馳孝太郎のことを調べていた時、偶然、桑原の姿を見かけたの。彼は私のことに気付いていない様子だったけど。少し探るだけで意図が分かった。花田欽也も有名な作家だから、叩けば埃《ほこり》の一つや二つぐらい出る。

週刊標榜は売り上げで後を追ってきている週刊クレールが脅威で、私や花田欽也のスキャンダルを取り上げて、週刊クレールのバッシングを目論んでいたの。だからハルカのような女に簡単に引っかかった。たとえあなたがあの手記を持ち込まなかったとしても、遅かれ早かれ、私を批判する記事が出たでしょう。あなたのせいじゃない。大丈夫、もう終わったから」

「私――私――」

言いたいことが山ほどあった。だけど言葉の代わりに、涙がポロポロと堰《せき》を切ったようにあふれる。

「あなたに裏切られたと思った――北海道まで連れていってくれたのは、私を手なづけて、いいように操るためだって――だから私、あなたが憎くてあんな手記を――」

「――馬鹿」

莉菜はそう言って、微笑んだ。その瞳にはやはり少し涙が光っていた。

「私があなたを好きになったのは自然の成り行き。操るなんてとんでもない。京子さんのことだってそう。感情的になってあんなことを言ってしまったけど、ちゃんと京子さんの話の裏取りはするつもりだった。当然でしょう？　私はジャーナリストなんだから」

「殿村さんが死ぬのを計算していたっていうのは――？」

「それこそ売り言葉に買い言葉。ホスピスにいる人に取材するんだから、健康状態を鑑みるのは当たり前」

私は、莉菜が私に罪悪感を植え付けるために、殿村が死ぬタイミングに合わせて彼に会いに行ったと思った。でも、どこまでも自己中心的な考え方だった。ジャーナリストの莉菜が、私を意のままに操ることと、殿村に取材ができることと、どちらを重視するのかは考えるまでもない。そこまで自分が価値のある人間だと思い上がっていたなんて、今ではとても恥ずかしい。

「あなたは――気に入った女の子に次から次に手をつけていたって――だから私のことも遊びだと思って――」

「全部、布施ハルカがついた嘘。よく考えて。私は死刑囚の祖父の冤罪を訴えている人間。だから足を掬《すく》われないように、普通の人よりも自分を律しなきゃならない。大勢の女の子を傷つけて泣かすなんて、そんなことするはずないでしょう？　もしそれが本当だったら、私はとっくに社会的な発言ができなくなっている。アキ――」

莉菜は私の頬に手をやって、言った。

「信じてほしい。私が心から好きになった人は、あなただけ。こんなふうに身体を重ね合う関係になったのも」

「――嘘」

本当に嘘かどうかはもはや関係なかった。嘘でなければならなかった。莉菜は酷い女でなければならなかった。本当は、私の方が酷い女だった。一時の感情であんな手記を週刊誌に送ったのだから。でも私は自分が間違っていたと認めたくなかった。私はハルカと違う。莉菜のストーカーなんかじゃない！　そう自分に言い聞かせることが、私に残った最後のプライドのかけらだったのだ。

「嘘じゃない」

私を抱きとめ、莉菜は言った。

「アキは私の半身。あなたさえ良ければ、またパートナーになって欲しい。私にはあなたしかいないの。代わりには誰もなれないから」

私は声を上げずに泣いた。今までの人生で、ここまで私を想ってくれた人がいただろうか？　死刑囚の孫と苛《さいな》まれた人生を送ったからこそ、こうして莉菜の半身でいられる。それなのに私は莉菜を裏切った。あんなハルカに図らずも協力してしまい、莉菜を辱めたのだ。

ごめんなさい、と言おうとした。でも言えなかった。謝ってしまったら、私もハルカと同じ人間だと認めるようなものだから。自分のプライドが憎かった。この期に及んでもまだ私は、私をこんなになるまで追い詰めた莉菜が憎いと思っていたのだ。

私はただ莉菜の胸の中で静かに泣いていた。莉菜はそんな私をそっと抱いてくれた。

背中に置かれた誰かの手が、こんなに優しく思えたことはない。

——その時。

私たちは廊下の壁際にいた。人はまばらだったし、通行の妨げにはなっていなかったはずだ。

一人の女が莉菜の後ろで立ち止まり、ちっ、と舌打ちをした。手には携帯電話を持っている。歩きながら携帯を見ていたから、私たちに気づかなかったのだろう。

女は私たちの横を通り過ぎざまに、こう言い放った。

「女同士で抱き合ってんじゃねーよ！　気色悪ぃ！」

赤の他人にこんな酷い言葉を投げられたことなどなく、私はびっくりしてしまった。

莉菜は私を抱いたまま、遠ざかっていく女の後ろ姿を、無言で見つめていた。

私の脳裏には、たった今、見知らぬ女に投げられた暴言がリフレインした。北海道で、私たちは人目を気にせず抱き合った。でも皆、私たちを見て今の女と同じ感想を持ったのかもしれないのだ。

私はそっと莉菜から身体を離した。

「——アキ」

「ごめんなさい」

私は莉菜との関係を手記にして週刊標榜に送ったことを謝ったのだが、まるでその言葉は莉菜からの誘いを断ったように響いた。

「あんな女のこと、気にすることないわ」

取材慣れした莉菜は平気だろう、何を言われたって。でも私は違う。

「――莉菜のことは大切に思っている。でも世間の人たちにとっては、私たちが両思いになろうが、喧嘩しようが、どうでもいいことなんだって――」

「何言ってるの？　当然じゃない」

「私たちのお祖父さんが冤罪だろうが無罪だろうが、それも関係ないんだって――」

「そう。世間の大多数の人たちにとっては、私たちのことなんかどうだっていい、それが当たり前なのよ」

私は、あの番組を三百万人もの人間が観ていることを知って、恐ろしくなった。でも今の女は莉菜のことを知らない様子だった。三百万人というのも公称で、実際はどうだか分かったものじゃない。

どんなに私と莉菜が愛し合ったって、世間の人にとっては気色悪いの一言で済まされることなのだ。

母は莉菜と私の関係を知らない。知ったら母も気色悪いと思うのだろうか。

私はもう一度、ごめんなさい、と言ってその場を立ち去った。後ろから聞こえる、莉菜の声を振り払うかのように。

「アキ！　私はあなたを諦めない！　あなたをいつまでも待ってる！」

15

その後、布施ハルカの消息は途絶えた。週刊標榜が総力を挙げれば、恐らく探し出せたはず。だが週刊標榜は、今回の件をなかったことにしたいようだった。ガセネタに振り回され、結果として莉菜に対する根も葉もない誹謗中傷の記事を載せたことは、週刊標榜の歴史に汚点として残るだろう。

私のところには、週刊標榜から何の連絡も来なかった。私もハルカ同様、週刊標榜の評判を落とした女として、彼らから快く思われていないに違いない。

莉菜は自分のホームページで、今回の出来事についての見解を発表した。週刊標榜を告訴することも一時は考えたようだが、そうしたらまた時間をとられ、肝心の新村事件の仕事ができなくなると、今回の件はこれで幕引きにしたいと言う。週刊標榜に対する謝罪等もいっさい求めないそうだ。

あれだけ酷い記事を出されたのに立派な対応だと、ホームページの掲示板は、一転、莉菜に対する称賛の声であふれ返った。もちろん、前に莉菜をバッシングしていた人たちではないのだろう。しかし世間なんて勝手なものだと思わずにはいられない。

私の脳裏には、莉菜の最後の言葉が焼きついて離れない。何故あんなことを言うのだろう。待っているのは私の方だ。私の方から莉菜に会いにいけるはずがない。彼女に酷いことをしたのだから。

それから一カ月経った。私は廃人のように日々を過ごしていた。莉菜と出会えたのに、また彼女のいない世界に逆戻り。以前に戻っただけかもしれないけど、一度手に入れて失った分、絶望は遙かに深い。

私はずっと莉菜を想い続けた。また会って、仲直りが出来る日を待ち続けた。

そして、その日は唐突に訪れた。

日曜日の夕方。

私はどこに行くでもなく、ぽつねんと部屋のベッドの上で膝を抱えていた。明日、出社するのが億劫《おっくう》だった。事務のおばさんから失望されたような目で見られるのが嫌だった。アキちゃん変わったと思ったけど、また元通りになっちゃったわね。そう思われているに違いないから。

「アキ」

母が部屋のドアをノックした。私はゆるゆると立ち上がって、力なくドアを開けた。

「何？」

「昨日、ハガキが来てた。テーブルに置いといたんだけど、気付かなかったのね」

それは小学校の同窓会のハガキだった。幹事には、私にカインの孫という名前をつけた、あの委員長の名前があった。同窓会の幹事なんて彼らしいな、と私は思った。

「行くんでしょう？」

と母は言った。正直、何の関心もなかった。今更小学校の同級生と再会してどうしようと言うのだろう。母だって、私がイジメにあっていたことを知らないはずがない。私は無言で母からハガキを受け取って、ドアを閉めた。そしてテーブルにハガキを置き、ペンを手にとり『欠席』を丸でかこんで、その下に『させていただきます』と書いた。

ポストに出しに外に行くのも面倒で、私はベッドに寝ころがった。少しうつらうつらしていると、インターホンが鳴る音がした。どうせ近所の人が母に用があって来たのだろう。この家に私を訪ねに来る人なんて、いやしないんだ。

母が訪問者と話している声が聞こえる。険悪な感じだ。しつこい訪問販売なのだろうか。どうだっていい。私には関係ない。

「いい加減にしてください！　警察を呼びますよ！」

母の怒鳴り声が響いた。私は毛布を頭から被って呪文を唱える。私には関係ない、関係ない。

——でも。

「アキ！　いるんでしょう！」

莉菜の、声だ。

私はゆっくりと毛布から顔を出した。莉菜が私を迎えに来てくれた。それがまるで奇跡のように思えた。

私は怖ず怖ずと部屋から出て玄関に向かった。莉菜がそこにいた。最後に会った時のように、凛《りん》として、気高く、そこに立っていた。

「——アキ」

と莉菜がつぶやく。彼女の喉笛から私の名前が発せられる。それは小さな奇跡だ。

「アキは部屋に戻ってなさい！」

母が叫ぶ。私は——。

「母さんは黙ってて！」

「アキ——」

「私、もう子供じゃないんだよ？　誰と付き合うか自分で決められる！」

三十過ぎの娘にそう言われたら、さすがに親の出る幕ではないと思ったようで、母は渋々家の奥に引っ込んで行った。

「お久しぶり」

私は頷いた。二カ月会っていないだけなのに、数年ぶりのような感じがした。

「上がる？　もうケーキは出ないと思うけど」

莉菜は頷いた。私は彼女を自分の部屋に案内した。テーブルを挟んで向かい合わせに座る。私たちは暫く無言で、最初に口を開いたのは莉菜の方だった。

「行かないの？」

何のことだろうと思ったが、置きっぱなしにしていた同窓会のハガキのことだと気付く。

「こんなの、行ったってしょうがないもの」

「そうね。私も行ったことない」

そのやりとりで、何となく二人の重たい口がほぐれて、私は本題を切り出した。

「週刊標榜に謝罪文を出させた方がいいんじゃないの？」

「どうして？」

「中高年の人たちにとっては、活字のメディアって絶対。新聞や雑誌が間違えるなんて、想像もしない。さっきの母さんの態度見たでしょう？　初めてあなたがここに来た時は物凄く愛想が良かったくせに――」

「いいの、気にしてないから。きっとアキのお母さんは、あのネットの番組を観てないんでしょう。やっぱり、ある年齢層より上の人たちって、ネットのリテラシーがほとんどないから」

「そうでしょう？　だからちゃんと雑誌に訂正記事を出させないと――」

「訂正記事に割くスペースなんて誌面のほんの僅か。ほとんどの読者は気にもしない。効果は薄いよ。だったら今回は週刊標榜に温情を見せて、恩を売っておくほうがいいと思う。今後きっと役に立つ」

私のために、そんなことを言っているのだ。莉菜はあの番組で週刊標榜の桑原の鼻を明かしたけど、一度貼られたレッテルを剝がすのは、並大抵のことでは無理だろう。そのレッテル貼りに私も一枚嚙んでいるのだ。莉菜は私に責任を感じさせないようにしてくれている。この件に関しては、莉菜は完全な被害者なのに。

そして私は、完全な加害者。

私は莉菜と目を合わせられず、声を上げずに泣いた。

「アキ」

莉菜は立ち上がり、私の方に来た。そして横から私を抱いてくれた。私は莉菜にもたれ掛かるように抱きついた。莉菜はまるで子供をあやすように、私の頭を撫《な》でてくれた。莉菜の柔らかい胸に包まれ、私は泣きながら、ごめんなさい、ごめんなさい、と繰り返した。

「もう、いいの。アキ――」

それから莉菜と口づけを交わし、お互いの身体をまさぐった。あんなに酷い諍《いさか》いをしたのに、私も莉菜も溢れるくらい潤っていた。でも母が耳をそばだてているかも知れず、お互い声は出せなかった。

「また一緒に取材に行きましょう」

一段落した後、莉菜はそう言った。莉菜と過ごした北海道の夜を思い出す。あの素晴らしい一夜を再び味わえると思っただけで、身体の芯が熱く震えた。

「番組で、大野浩一を知っている人に呼びかけたでしょう？　反応があった」

「本当!?　でも番組を観ていたなら、すぐに声を上げても良さそうなのに」

「当日の放送を観ていた訳じゃないみたい。ああいう番組って動画があちこちにアップされるから、それをたまたま目にして連絡をくれたの。あの番組に出て良かった。アキのおかげよ」

「――そんなこと言わないで！」

私は莉菜にしがみついた。莉菜は私の罪悪感を打ち消すために言ってくれたんだろうけど、もうあんな茶番、思い出したくもない。

莉菜は言った。

「大丈夫。何が起こっても、すべてはいい結果に向かうために必要なことだから。今から出られる？」

「今からその人に会うの？」

「うん。アキも一緒に行かない？」

取材のついでに来たのか、と思って少しがっかりしたが、確かにこういう機会でもなければ、莉菜にしても私に会いづらかったのかもしれない。

軽くメイクをしながら、莉菜に訊いた。

「どこまで行くの？」

帰りが遅くなるのだったら、母に晩御飯はいらない、と言っておかなければ。

「アキと初めて会った、あのお店。昨日急に連絡が来たの。電話もしないでいきなり押しかけて悪かったけど、まずあなたにも伝えたいと思って」

週刊標榜の桑原や布施ハルカともあそこで会ったな、と思うと胸がチクチクと痛んだけど、余計なことを言う必要はないと思って黙っていた。

「その人、わざわざ府中まで来てくれるんだ？」

莉菜は悪戯っ子のように笑った。

「アキの知っている人だよ」

ちょっと近所まで出てくると母に告げた。母は心配そうにこちらを見ただけで、無言だった。お邪魔しました、という莉菜の挨拶にも返事をしなかった。

外に出たついでに同窓会の出欠ハガキをポストに出す。莉菜と会い、桑原と会い、そしてあのろくでもない布施ハルカと会った喫茶店。店に入ると、思わず私は、あっ、と声を出してしまった。

そこにいたのは朝比奈京子にお弁当を届けにきた、あの大学生のボランティアだった。私と目が合うと、ぺこりと頭を下げた。あの時は、私たちを老人を騙す詐欺グループのような目で見ていたけど、素性が知れた今は比較的温和な態度だった。

「こちら、溝口《みぞぐち》さん。配食センターでボランティアをされている。あの番組を観て連絡をくれたの」

「名刺を頂きましたよね。週刊誌で騒がれていたのはすぐに気付きました。俺やっぱり、あなた方があのお婆ちゃんを騙すつもりなんだと思って——悪く思わないでください。あんな記事を読んだら、誰だってそう思います」

「いいんです」

と莉菜は頷く。

「そしたらあの番組で、あなたは証人のMを呼び出して自分の潔白を証明したでしょう？　俺、感動しました。映画のどんでん返しを見てるみたいで」

私はほっとした。中高年の人たちは活字媒体しか目にしないかもしれないが、彼のような若い世代にはちゃんと真実が届いているのだ。

「あなたが言った大野浩一って人は知らなかったけど、番組が面白かったから——あ、面白いなんて言ったら不謹慎かな」

「いえ、いいんですよ」

莉菜がおかしそうに笑う。

私は思った。この溝口という大学生は、以前会った殿村の孫と同じ印象を受ける。莉菜のような美人の仕事を手伝って、彼女と親密になりたい。そうでなくとも、あの番組で莉菜のカリスマ性を存分に思い知っただろうから、有名人と知り合いになって自慢したいという気持ちは、確実にあるだろう。

莉菜はそういうオーラを持っている。だから莉菜の周りにはまるで水が水路を流れるように、情報が集まるのだ。

溝口のような人を見ると、私は優越感に浸る。彼は、私と莉菜がさっきまで口づけを交わしあっていたとは、夢にも思っていないだろう。あんなに莉菜に酷いことをしたのに、彼女は家まで来てくれて、私を許してくれた。私が莉菜の半身だからだ。特別な人間は私だけだ。誰にも莉菜は渡さない！

「——でも大野浩一という名前は、ずっと覚えていたんですよ。そしたら配食センターのおばさんたちが、大野さん、とうとうヤバいそうよ、って話を聞いて、大野なんてよくある名字だから最初は気にもしなかったけど、よくよく聞くと下の名前がコウイチって言うらしくって——」

「大野浩一にもお弁当を配っていたんですか？」

私は訊いた。もちろん同姓同名という可能性もある。だが彼は元々府中で競輪選手をしていたのだ。北海道にいられなくなった彼が、どこでどうしていたのか分からない。しかし最終的にこの府中の地を選んでも不自然ではないと思う。

「それがお弁当を配る側だったらしいんです。高齢者のボランティアは珍しくないって。でもさすがに歳で厳しくなって、配食センターを辞めたんです。それで人手が足りなくなって、後釜に俺が入った。だからその大野浩一のことは、俺は全然知りません。会ったこともないです」

ボランティアは金銭的な利益がなくとも、得るものはある。やりがいとか、満足感や、溝口の場合は大学の単位。大野浩一は、何を考えてボランティアをやっていたのだろう？

莉菜は溝口に訊いた。

「その大野さんは、今どちらにいらっしゃるんですか？」

「仕事を辞めてすぐに、終末医療専門の病院に入院したそうです。ホスピスってやつですね。家族がいないから、そういう病院に入院できるぐらいお金を貯めてたと噂していました。おばさんに病院の名前を書いてもらいました。ここです」

溝口は、破ったノートのページと思しき紙片をこちらに差し出した。そこには病院の名前がメモされていた。

私と莉菜は、暫く呆然とその紙片を見つめていた。


溝口と別れて、私たちはあの時と同じ送迎バスに乗り込んだ。車中、私と莉菜は手をつないだまま、終始無言だった。

あの時と同じに、駅から三十分ほどでホスピスについた。森の中の、モーテルのようなホスピス。木の温もりを感じさせる病院。

「最初っからここにいたんだ」

と莉菜はつぶやいた。もしかしたら殿村は、自分が入院している病院に大野浩一もいることに気付いたから、私と莉菜を呼んだのかもしれない。

莉菜は受付に向かい、大野浩一と面会の手続きを取ろうとした。しかし、けんもほろろだった。大野浩一が入院しているのかどうかすら、教えてくれなかった。

「また、あなたですか」

受付で言い争っていると、白衣を着た医師が現れた。以前ここに来た時、つれない対応で私たちをあしらったので、よく覚えている。

「まだ私たちが殿村さんを殺したと仰る？」

殺したとは言っていないのだが、この病院のスタッフにとって莉菜は鼻持ちならない女と見なされているらしい。

「いえ。殿村さんの件ではないんです。こちらに入院している大野浩一さんに面会したいんです」

「あなたは、大野浩一さんのご家族ですか？」

「いいえ」

「では駄目です。お帰りください」

「今ここで、大野浩一さんのご家族に連絡をとって許可を求めてもですか？」

「大野浩一さんの家族を知っているんですか？」

莉菜は頷く。

「では、何故連れてこないんですか？」

「ご家族は北海道にいるんです。大野浩一さんがこの病院にいることは今さっき知ったので、まだ伝えていないんです。同姓同名の別人という可能性もあるので、まず本人であることを確認してから連絡したいんです」

別人なんかじゃない。

大野浩一の同姓同名の高齢者が、朝比奈京子にお弁当を配達するなんて、そんな偶然があるものか。明らかに大野浩一は、朝比奈京子に近づくためにボランティアを始めたのだ。

——殺すため。

違う——だったらとっくに殺しているはずだ。

朝比奈京子を見守るためだ。それが森川ナカを殺した罪滅ぼしだと思っているのだ。

「その北海道の人が大野浩一さんのご家族ということが証明されてから、改めて委任状をもらってきてください。話はそれからだ」

「そんな悠長なことを！」

莉菜は医師を説得しようと必死だ。医師も莉菜ばかり見ていて、私のことなど眼中になかった。

そう——華やかなのは莉菜だ。一緒にいても、誰もが莉菜を注視する。私は莉菜の半身。莉菜が太陽だとしたら、私は月。莉菜と一緒にいるから輝ける。だから莉菜から距離を置くだけで、自由に輝きを消せる。

私は言い争っている二人から、ゆっくりと離脱する。莉菜も、医師も、私のことには気付かない。

足音を立てないように静かに病棟を歩く。患者の名前が出ているだろうから、大野浩一がいる病室は簡単に見つけ出せると思った。だが病室の入り口には、小さな液晶のタッチパネルのモニターが掲げられていて、指で触れて初めて患者の名前が表示される仕組みになっている。一つ一つタッチしていたら目立って仕方がない。

看護師と思しき女性がいたので、訊いた。

「大野浩一の孫の馳麻里奈ですが、祖父はどちらに？」

嘘をつくのになんの躊躇もなかった。あまりに堂々としているので、看護師は疑う素振りを微塵も見せなかった。

彼女は、ある病室に私を連れていった。そしてベッドで寝ている男性に、

「お孫さんが来ていらしていますけど、大丈夫？」

と訊いた。男性の身体がぴくりと動くのが見えた。起き上がろうとするけど、ままならない。よほど容態が悪いようだ。

「今まで行方知れずだったけど、ようやくここにいるって分かって――北海道から飛んできたんです」

北海道という地名を聞いて、看護師は心底驚いたような顔をした。具体的な地名を出したからか、私が偽者とは夢にも思っていない様子だった。

「大野さん、北海道の方なんですか？」

「逃げたんです。自分の家族を置いて――」

大野浩一を追ってきた紳士――殿村から逃げるために府中に来たのだ。しかし終《つい》の住処で殿村と出会うとはなんて皮肉だろう。

ていった。

「――好子――好子は」

大野浩一はベッドの上から、自分の娘の名を呼んだ。私は、ゆっくりと彼に近づい

油臭いような、老人の匂いがした。死に近づいている者の匂いなのか。

薄くなった髪を撫でつけ、痰《たん》がからんだような呼吸を繰り返す、彼はちっぽけな老人だった。彼がさっそうと自転車を駆り、曲芸のように新村警部を撃ち殺し、米兵に襲われていた森川ナカを救っただなんて、想像もできなかった。

「お母さんは、北海道にいる。お父さんと一緒に、元気に暮らしているよ。今日は私、一人でここにきたの」

大野浩一は何かをうわ言のようにつぶやいている。耳を傾けると、すまなかった、と繰り返しているようだった。

「お前たちを捨てて――お前たちのことは、ずっと忘れたことがなかった――」

「殿村さんが北海道まで追いかけてきたんでしょう？　私たちに迷惑をかけたくないから、こっちに逃げてきたんでしょう？」

大野浩一は何度も頷く。

プライベートな話だと思ったのだろう。看護師は病室から出ていった。

私は、携帯のレコーダーのアプリを立ち上げ、録音ボタンをタップしてからサイド

テーブルの上に置いた。

その意味を分かっているのか、いないのか、大野浩一はうわ言のように話し始めた。六十年間胸に秘めていたことが、会ったことのない孫の存在で堰を切ったように溢れだしたのだ。

「――俺は人殺しだ。お前たちを、人殺しの家族にさせたくなかった。命を絶とうと思った――でもできなかった――だから逃げたんだ。許してくれ――」

「新村警部を殺したから？」

「ああ――あいつらの言う通りに働けば、生活は保障された。そうするしかなかったんだ――生きてゆくためには。競輪選手なんて言っても、試験なんかなかったから、ただのチンピラみたいなもんだった、俺は――」

「新村警部を殺した罪で、泉堂という人が逮捕されたのは知ってる？」

その質問に大野浩一は、すまなかったと繰り返すばかりだった。

「森川ナカさんを米兵から助けた？」

「――ああ。だから彼女も俺を助けてくれた。俺が新村警部を殺していないって、証言してくれたんだ」

「森川ナカさんを殺した罪で、立石豪という男性が逮捕された。彼は死刑宣告を受けて、今も獄中にいる」

　ゆっくりと、大野浩一は私を見た。

　その目の中に、私は確かに、暗殺者の大野浩一を見た。そして彼は私の腕をつかんだ。ホスピスに入院している老人とは思えない力だった。

　可愛い孫娘の腕を、何故こんな痛いほどの力でつかむのだろう。彼は気付いたのだ。私が麻里奈ではないことに。

　彼はそのまま私の腕を引っ張った。私は身体ごと、彼の方に引き寄せられた。

　大野浩一は、私の目をしっかりと見つめ、言った。

「ナカを殺したのは、俺だ。あいつは生かしちゃおけなかった。新村警部を殺した犯人が俺だと、あいつだけが知っているから」

　そうして、大野浩一は声を出さずに笑った。

　その時、背後から怒声が響いた。

「おい！　あんた、なにやってるんだ！」

　莉菜と押し問答していた医師の声だった。すいません！　この人、孫だと言うもので！　と弁解する看護師の声も聞こえる。

「誰の許可を得て患者の病室に！　大野さん。ほら、手を離して。この人、あなたのお孫さんじゃないんだよ」

　医師は私の腕から、大野浩一の手を振り解《ほど》こうとする。その途端、彼は叫んだ。

「黙れぇ！」

その声で、この病室にいる者全員が黙りこくった。

「この子は、俺の娘だ！」

そして彼は、ぜえぜえと荒い息を吐き、ようやく私の腕を離した。

「どいて！」

私を押し退《の》けて、医師や看護師が大野浩一の元に駆け寄る。急に大声を出したから、息が上がったのだろうか。大野浩一は荒い息を吐き続けている。他の看護師や医師がつぎつぎと集まってきて、瞬く間に大野浩一の姿を私の前から隠してしまう。

私はゆっくりと後ずさり、振り返った。

莉菜がいた。半ば呆然としたように、その場に立ち尽くしている。

私は言った。

「新村事件と、府中放火殺人事件の犯人は、大野浩一よ。たった今、彼が告白した」

莉菜は頷いた。

「あなたたち」

冷たい声で医師の一人が告げた。

「聞きたいことがあるから、帰ってもらっちゃ困る」

その医師だけではなく、看護師や病院の関係者全員の視線が、私たちに降り注いでいるのを感じた。

大野浩一は、その夜、息を引き取った。

16

結局、私たちはホスピスに一泊するはめになった。母にやはり晩御飯はいらないと連絡した。泣かれると思ったが、何も言われなかった。莉菜との関係については諦めていると言わんばかりの口ぶりだった。だから私は言ってやった。

「府中放火殺人で、新しい情報が出た。莉菜はそのことを伝えに来てくれたの」

『新しい情報？　どういうこと？』

「帰ったら話す。いいニュースだから」

真犯人が見つかったと分かったら、きっと母の莉菜に対する視線も変わるだろう。電話を切ってから、明日は事態を見守るために有給を取ろうと思った。私が仕事よりも府中放火殺人事件を優先することを、あの社長もきっと認めるに違いない。

大野浩一が亡くなったのは残念だった。言質を取ったとはいえ、本人が生きている方が望ましいのは言うまでもない。それどころか、その死について私たちの責任を追及されるかもしれない。私が責めを負うのはいいのだ。実際、大野浩一の孫の名前を騙《かた》って病室に忍び込み、彼の心臓に多大な負担を与えたのは事実なのだから。

むしろ莉菜が世間のバッシングを受けまいか心配だった。あのネット番組で汚名を雪《そそ》いだばかりなのだ。またもや新たなスキャンダルの渦中に立たされたら、やっぱりろくでもない女だったのでは？　と好奇の目にさらされるのは目に見えている。

だが、私たちが警察等の取り調べを受けることはついぞなかった。もともと、いつ亡くなってもおかしくないからホスピスにいたのだ。私や莉菜の存在と大野浩一の死に因果関係はない、と医師たちが証言してくれた。私たちの存在を快く思っていないだろうが、彼らは私怨よりも専門家としてのプライドを優先した。

大野浩一が危篤状態になって、すぐに莉菜が北海道の馳好子に連絡した。結局間に合わなかったのが気の毒だったが、莉菜が大野浩一の家族に連絡を取ったことが、医師やホスピスのスタッフの印象を良くしたのは間違いなかった。

大野浩一は潤沢な資産を持っていた。このホスピスに入る費用も、新村事件で得た報酬でまかなったのだろう。大野浩一は夕張で炭鉱夫をしていたという。きっとGHQとの関連が発覚するのを恐れて、馳孝太郎に脅迫された際を除いては、ほとんど手を付けていなかったに違いない。

翌日、好子が一人で府中にやって来た。本人だと確認が取れてから、夫の孝太郎や、娘の麻里奈を呼び寄せるという。

好子は、亡くなった大野浩一が自分の父親だと認めた。探し求めた父親の死に目に会えなかったことが無念だっただろうに、ありがとうございますと、何度も頭を下げられた。

私は大野浩一の告白を録音した音声のデータを、莉菜の携帯に送った。

「役に立つかな?」

莉菜は頷いた。

「もちろん!」

莉菜は私を抱きしめて、私の仕事を讃《たた》えてくれた。私たちが抱き合っても、誰も奇異の目で見てはこない。大野浩一が亡くなる現場に私たちが居合わせたことは、皆知っているからだろう。人が日常的に死ぬような場所の、当たり前の風景。

それから莉菜は好子と話していた。明日になれば夫の孝太郎や娘の麻里奈がやって来て、葬儀や各種手続きに追われる。話す機会は今しかなかった。

「こんな時に申し訳ありません。ただ、どうしてもお伝えしたいことがありまして」

好子は覚悟を決めたような目で、私たちを見た。

「お父さんが、新村事件と府中放火殺人事件の犯行を認めました。音声は録音しています。司法を動かせるか分かりませんが、私はこのことを公表するつもりです」

「――はい」

と好子は力なく言った。莉菜の言葉の意味が分かっているのか、心許なかった。

「お父さんは三十年以上失踪していました。どこでどうやって暮らし、最終的にいつ府中に戻ってきたのか、それは分かりません。七年経てば失踪宣告が成立すると言いますし、社会通年的に遺体の受け取りを拒否しても問題ないと思います。恐らく、お父さんは自分の死後の準備をしていたと思います。そうでなければ、このようなホスピスには入院できないと思いますから。だから、わざわざ北海道から呼び出しておいてこういう言い方は失礼かもしれませんが、このままとんぼ帰りしても誰も好子さんを責めないと思います」

大野浩一の告白を、莉菜はどのような形であれ世間にさらすだろう。そのために彼女はジャーナリストになったのだ。握りつぶすという選択肢はない。

そうなった場合、馳好子は犯罪者の娘という汚名を着せられる。カインの子供という汚名を。

好子は暫く考え込むような素振りを見せた後、

「私、泉堂さんに謝らなきゃいけないことがあるんです」

と言った。

「私に？」

「はい。私、知っていたんです。父が新村事件と府中放火殺人事件の犯人だってこと。

だけど黙っていた。父の犯行が暴かれるのが怖かったから――」

「どうして、そのことをご存じだったんですか？」

　好子は疲れたように笑った。

「どうしてということはありません。自然に知った、という答えでは駄目でしょうか？　あの人――孝太郎と、三十年も一緒なんです。もちろんはっきりとは言いません。でも話の端々で分かるんです。私はそれを聞かないふりをして、考えないようにしていました。確かに私は父を探していました。泉堂さんにも連絡を差し上げました。全部ふりです。娘だから失踪した父親を探すのが当然という、それこそあなたの仰る社会通念で行動していただけなんです。だから今更、父親じゃないなんて言えません。私は父を探していたんだから」

　そう言って、疲れたように笑った。

「これでやっと、ふりをしなくて済みます――」

　その笑顔には、真相を知っていたくせに黙っていたという罪悪感は微塵も感じられなかった。もっと早く告白していたら、もしかしたら莉菜の祖父は助かったかもしれないのに――。

　しかし、私はそのことで好子を責める気にはなれなかった。莉菜の祖父のことは、私がどうこう言う問題ではない。それに彼女には恐らく、これから理不尽な責めを負う人生が待っているだろう。私や、莉菜が受けたような悪意に満ちた糾弾を。

好子を残し、私たちはホスピスを後にした。ぐずぐずしていると孝太郎や、麻里奈と出くわしてしまうかもしれない。孝太郎は別に良かった。会うのが嫌だったのは、娘の麻里奈の方だった。私は麻里奈に成り済まし、自分にかけられた呪いを彼女に移しかえたのだ。カインの孫という呪いを。

帰りのバスの中、私はずっと莉菜と手をつないでいた。強く、強く握りしめた。私と莉菜は、カインの孫同士だからお互い半身でいられた。その呪いが解けてしまったら、私たちは普通の人間。果たして、普通の人間に戻った私を莉菜は今までのように愛してくれるだろうか。大切にしてくれるだろうか。

17

その後、私たちと莉菜が得た情報を元に、新村事件と府中放火殺人事件のそれぞれの支援者たちが再審請求を行った。新村事件にかんしては被告がすでに死亡しているが、死後再審という遺族が請求し、被告——死亡しているので正確には元被告——の名誉の回復を目的とした制度があるらしい。

もちろん、無罪を主張しているから再審請求するのは大前提だ。だが再審中は死刑執行されないという原則があるので、もっぱら再審請求は死刑を引き延ばすテクニックとして利用される。獄中で病死した被告の遺族があえて死後再審を請求するからには、よほどの無罪の確信があるのだと、大きな話題になった。

莉菜は週刊標榜のライバル誌、週刊クレールに、今回の一連の出来事のレポートを書いた。大野浩一は仮名だったが、新村事件以後、北海道に逃げ、そこで家族をもうけたこと、刑事の追及を受けて、家族を置いて再び逃げ、最終的に府中に戻ったこと等、かなり詳細に書かれているので、馳家に気付く者も現れるかもしれない。

今の時代、誰かに気付かれ、そしてそのたった一人が心ない人間だったら、情報は瞬く間に拡散される。いや、心ある人間だとしても、所詮人ごとだ。いずれ大野浩一と馳家のことは知れるだろう。

でも、馳家のことは私が考えても詮ないことだ。犯罪が起きた以上、誰かが加害者家族になるのだ。今まで、その役を私や莉菜が担わされてきた。その重荷を本来の人間に担ってもらう日が、遂に来たのだ。

莉菜の記事により六十年前の新村事件に再びスポットが当たったこと、なにより大野浩一という重要な容疑者が浮かび上がったことから、司法も動き始めた。

「でもまだ、終わった訳じゃない」

とベッドで私を優しく抱きながら、莉菜は言った。

「司法が一度くだした判決を覆すのは、並大抵のことじゃない。たとえば日本初の死後再審の前例となった徳島ラジオ商殺し事件では、再審開始から無罪判決が出るまで五年かかっている」

「――五年」

思わずつぶやいた。六十年に比べれば五年なんて、あっという間だと思うべきだろうか。

「新村事件は死後再審だからまだいい。でもアキの方は急がないと。お祖父さんは存命なんだから」

「新村事件だけじゃなく、府中放火殺人事件も再審が認められると？」

「新村事件と府中放火殺人事件の関連性が示唆されただけで、新発見のようなものだもの。もし新村事件で無罪判決が出たら、司法は世間から激しいバッシングを受ける。無実の人間の人生を棒に振ったのかって。だから批判をやり過ごすために、府中放火殺人事件にも無罪判決を出す可能性は高いと思う。大丈夫、証拠不十分だとか、無罪判決を出す理由はどうにだってなる」

私は、その莉菜の言葉の意味を暫く考えた。

「何か疑問がある？」

「つまり私の祖父が本当に真犯人であっても、無罪判決が出るかもしれないってことでしょう？」

新村事件は、確かに政治犯の匂いがする。ＧＨＱのエージェントの大野浩一の犯行なのだろう。だが府中放火殺人事件に政治的な要素は一つもないのだ。

私の腕には、まだ大野浩一につかまれた手の感触がありありと残っている。

『この子は、俺の娘だ！』

その彼の叫び声も耳朶《じだ》にこびりついて離れない。

孫の麻里奈に成りすましたのに、何故娘などと言ったのだろう。もしかしたら、と思う。大野浩一は北海道から逃げて以降、一度も馳家の人々と会っていない。彼の記憶に残る娘の好子は、当時の三十前後の姿ではないか。つまり私と同じ年代だ。もしかしたら、大野浩一は私に別れた好子の姿を重ねていたのかもしれない。娘を捨てた後ろめたさもあっただろう。だから私の望み通りに、府中放火殺人事件の罪を被ったのではないか。

大野浩一は、もしかしたら新村事件以外にも人を殺《あや》めたことがあるのかもしれない。それだけ罪を重ねてきたのだから、一つぐらい別人の罪を被るくらい、なんてことはない――そう彼は考えたのではないか。

「大野浩一はやってもいない罪を告白したって言うの？」

「もしかしたら、京子さんみたいに、認知症とまではいかなくても、時々あやふやなことを口走る癖があるのかもしれない」

「ホスピスの主治医にも聞いたけど、認知は比較的しっかりしていたって」

「それでもお年寄りでしょ。しかも死の直前の言葉に証拠能力はあるのかな」

莉菜は、私の顔を両手で包み込むようにしてキスをした。そして言った。

「あなたとは一度仲違いしたけど、またこうして愛し合える。それがとても嬉しい。でも、私の考えは変わってない。私は祖父が無実だと信じている。だから祖父の汚名を雪ぎたい。そのためならどんなことでもする。六十年以上前のことを、今さら証明するのは難しい。だからこそ、私たちの目的に都合のいいストーリーを作り上げることだってできる。どうかアキもその覚悟を持ってほしい」

莉菜の目的は、国家に祖父たちが冤罪であることを認めさせること。実際に祖父たちが真に冤罪かどうかなんて、二の次なのだ。

分かっている。

分かっているけど。

「そりゃ、莉菜は最初っからお祖父さんの無実を信じているからいいでしょ。でも私は別に信じてなかったもの」

「私に信じさせられたって言いたいの？」

「うん。だって信じないと、あなたに相手にしてもらえなかったから。あなたにこうしてもらえるんだったら、私、なんだって信じる」

そう言って、私は莉菜に抱きつく。莉菜の細く白い手足が、私の四肢にまとわりつく。舌と舌を絡ませあう。お互いを貫く術をもたない私たちだからこそ、それ以外のものすべてを使って繋がろうとする。

「可哀相」

莉菜は私の頭を撫でてくれた。

「子供の頃からカインの孫だってイジメられたから、カインの孫じゃない自分が想像もできないんだ」

私は莉菜の胸で泣いた。

莉菜の言う通りだった。私はずっと牢獄に閉じ込められていた。殺人者の孫であるという牢獄に。それが当然と思っていた。そうじゃない自分がいるなんて、想像もできなかったのだ。

莉菜と出会ったことで、カインの孫じゃない人生が開けそうな気がする。でもずっと牢獄にいた人間をいきなり自由にしたところで、いったいどうやって生きろと言うのだろう？　カインの孫であることは確かに辛い。でも完全に自由に生きる方がもっと辛いのではないか？

嫌だ。

こんな女は莉菜に嫌われてしまうだろう。莉菜はとっくにカインの孫を卒業して、新しい人生に向かって歩き出しているのに。私も一緒に歩きたい。カインの孫じゃない人生を。

「アキ、殺人犯の孫だった過去を捨てる勇気はある？」

私は何度も頷いた。莉菜と一緒に勇気を持って生きたい。莉菜と同じように勇気ある、強い女になりたい！

莉菜は私にある考えを打ち明けた。私が正真正銘、カインの孫という立場を払拭できるアイデアを。

——それは。

その日、私と莉菜は横浜に行った。中華街を冷やかして、遊園地で観覧車に乗った。楽しかった。男が出来たらこういうデートをするのだろうか。でもどうでもいいことだ。私は今、莉菜といるのだ。莉菜が私の恋人。もう男なんていらない。

そして陽《ひ》が暮れた頃、私たちは桜木町駅近くのホテルに向かった。こんなホテルに一泊して、一晩中莉菜と戯れられたら素敵だな、と思う。でも残念だけど、そういう目的でここに来た訳じゃない。

莉菜を糾弾するネット番組を収録した東京のホテルに比べれば、規模は小さかったけど、やはりここにもフロントに液晶の掲示板が設置されている。私たちは、それを見て目的の宴会場まで向かった。もう大勢の人間でごった返している。私を目にして、驚いたような顔をしている人もいる。

「大丈夫？　私もついて行こうか？」

その莉菜の申し出に、私は首を横に振った。

「一人でやれる。私一人でやらないと意味がないもの」

「――そうね」

莉菜をそこに残し、私は宴会場の中に入って行った。並べられたテーブルには、お酒や美味しそうな料理が沢山並んでいる。

「立石さん⁉」

私に気付いた女がこちらに駆け寄ってきた。彼女は誰だろうと考える。記憶に残っているけど、名前は思い出せない。所詮、彼女とはその程度の間柄だったのだろう。

彼女だけじゃない。ここにいる連中皆そうだ。これらの人々と、莉菜とのような深く、濃密な絆が築けるだろうか。とてもそうは思えない。だったら、そんな人間たちと付き合うだけ無駄ではないだろうか。ここにいるのは全員過去の亡霊だ。

亡霊たちが、私をカインの孫と罵ったことをすっかり忘れて、立石さん！　と気安く名前を呼び、久しぶり！　元気してた⁉　などと言っている。

意味のない言葉。

本当に、これっぽっちも意味がないのだ。

「委員長いる？」

と亡霊の一人に訊いた。

「もちろん！　今呼ぶね！」

すぐさま亡霊が委員長を連れてきた。私にカインの孫というあだ名をつけた男は、私を見て心底驚いたような顔をした。

「来たの!?」

「何それ！　立石さんが来ちゃいけないの？」

「いや、出欠ハガキに欠席ってあったからさ。もちろん歓迎するよ。何か取ってこようか？」

委員長が周囲の料理を見回して言った。私は首を横に振る。

「いらない。顔出しに来ただけだから。会費も払ってないし」

「そんな水臭い――」

「今日は私、あなたに落とし前をつけにきたの」

「――え？」

「私の祖父の事件、知っているでしょう？　府中放火殺人事件。長らく祖父が犯人とされてきたんだけど、新村事件っていう別の事件の犯人が見つかって、府中放火殺人事件の犯行も自供した。信憑性は極めて高い。多分、今回の再審請求で無実が認められると思う。時間はかかるかもしれないけど——」

私は委員長の表情を確認しながら語った。てっきり、少しずつ顔色が青ざめてゆくと思ったのだ。

しかし、そんなことにはならなかった。信じられないことに彼は、

「本当⁉　おめでとう！」

などと言った。私はそれを聞いて脱力して腰が抜けそうになった。私は今まで、ずっと彼が言い放った言葉に縛られてきたのに。

「——私はカインの孫なんかじゃない」

「え？」

「私はカインの孫じゃない！」

その声で、この会場にいる全員が会話を止め、こちらを向いた。何十人、いや百人を優に超える同窓生たちの視線を感じた。以前の私だったら萎縮してしまって、とてもこんな状況下では自分の意見を言えなかっただろう。でも私は莉菜と出会って変態《メタモルフォーゼ》したのだ。もう昔とは違う！

「あんた言ったよね⁉　私がカインの孫だって。でも真犯人は別にいた。お祖父ちゃ

んは潔白だった！　あんたは無実の人間を笑い物にしたのよ？　どうしてくれるの!?」

ここに至って、ようやく委員長も、私が何を言いたいのか理解した様子だった。

「謝れ！」

私は会場中に響き渡る大声で叫んだ。

「私とお祖父ちゃんに、謝れ！」

別に私は、本当に委員長に謝って欲しい訳ではなかった。ただ面と向かって彼に、祖父が潔白の可能性を伝えたかったのだ。それで少しでも彼の心に、私にカインの孫などというレッテルを貼った罪悪感を与えることができれば良かったのだ。

——でも。

委員長は私の前で、ゆっくり跪《ひざまず》いた。まさか、そんなことをするとは思いもせず、私は驚いて後退《あとずさ》った。

委員長は頭を垂れ、背中を丸め、そのまま床に手をつこうとしたけど、最後のプライドが邪魔してできないようだった。それでも委員長は、屈辱を甘んじて受け入れるという態度で、絞り出すように、

「すまなかった」

と言った。

私は我に返って、周囲を見た。

皆、黙ってこちらを見ていた。しかし委員長に視線を向けている者は、一人もいなかった。

皆、一人残らず、私を見ていた。委員長を土下座寸前まで追い込んだ私が次に何を言うのか、固唾を呑んで見守っている。私は――。

違う、こんなことをさせるつもりはなかった。そう言おうとした。だけど何も言えなかった。私は踵を返し、そのまま会場を後にした。皆の冷たい視線を背中に浴びながら。

「終わった?」

会場の外で、莉菜が腕組みをして待っていた。

「うん、もう行きましょう」

莉菜が会場の中をちらりと覗く。私もつられてそちらを見やる。向こうで、視線を床に落としたままの委員長が、ゆっくりと力なく立ち上がるところだった。

その様子を見た莉菜が、鼻で笑った。

「いい気味ね」

私は莉菜のような気持ちにはなれなかった。どうしてだろう。ずっと心に傷を負わされた、その復讐《ふくしゅう》を果たしたのに。

「胸がスッとしたでしょう?」

「ええ」

私は嘘をつき、莉菜に微笑みかけた。ここでまた、子供の頃の憂さを晴らしても胸のモヤモヤは消えない、などと駄々を捏《こ》ねて莉菜を困らせたくはなかった。

それでも私は考えた。莉菜と別れ、自宅に帰り、お風呂に入って、ベッドに潜り込み、眠りに就くまで、考え続けた。

委員長に投げつけた言葉が、脳裏に延々とリフレインする。

『あんたは無実の人間を笑い物にしたのよ？』

もし無実じゃなかったらどうしよう。

府中放火殺人事件の犯人が大野浩一だということは、本人が言っているだけだ。物証も何もない。無罪判決を勝ち取ってから委員長に会いに行くのが、本来の筋だったかもしれない。だけど、そうだとしても本質的な違いはないのだ。

何故なら祖父に無罪判決が下ったとしても、証拠不十分によって釈放、という形になるのはまず間違いないからだ。六十年前の事件だ。大野浩一がナカを殺した証拠が、今更見つかるはずがない。やはり祖父がナカを殺したのではないか、という疑惑は一生ついて回る。

こんな不安、誰にも相談できない。どうせ莉菜も両親も、無罪の判決が下ったら無罪ということなのよ、と言うに決まっているのだから。

私は真実を知りたかった。神様しか知らない本当の真実を。タイムマシンで六十年前に行って、府中放火殺人事件の現場に居合わせたい。私は委員長に皆の前で謝らせたのだ。それなのに、やっぱり祖父が人を殺したとなったら、もう世間に顔向けできない！　私の祖父はナカを殺していない！　そんなことがあってはならないのだ、決して！

18

私は両親に、祖父との面会を希望した。今まで頑なに行きたがらなかったのに、いったいどういう風の吹き回しだろうと驚かれた。そして母は泣いて喜んだ。

「やっとアキも、お祖父ちゃんの無罪を信じるようになったね！」

そうだ。祖父は無罪でなければならないのだ。もちろん面会して祖父の無実が確信できる、という訳でもないだろう。だが会ってしまえば、さすがに情が移って祖父を信じたくなるはずだ。無罪の判決が下ったら無実と割り切れるに違いない。

祖父に会うことを、私は莉菜にも電話で伝えた。莉菜は両親のように大げさに喜んだりはしなかった。でも、その口調で私の選択を微笑ましく思っていることは分かった。もう何度も身体を重ね合わせたのだ。他人には窺《うかが》い知れない、彼女の細やかな感情の揺らぎも、私には理解できる。

「本当はあなたを連れて行きたい。私なんかより、莉菜が行った方がよほど得るものがあると思うから」

『何言ってるの。あなたの大切なお祖父ちゃんでしょう？　私は所詮、赤の他人。孫のあなたが直接会いに行って、お祖父ちゃんがカインじゃない証拠が見つかったって、ちゃんと伝えないと』

赤の他人とは違う。莉菜と出会わなかったら、多分、私は一生祖父と会おうとしなかっただろう。

莉菜と結婚したかった。莉菜が私のパートナーになってくれれば、大手を振るって莉菜を祖父の元に連れて行けるのに。

でも、そんなことはできない。死刑囚の孫同士が同性婚などしたら、世間の好奇の目にさらされる。莉菜は強いから、そういう話題の一つでも作った方が宣伝になって本が売れる、とでも言うだろう。だけど、莉菜を糾弾するネットテレビを収録したホテルの廊下で、見ず知らずの女に投げつけられた言葉は未だに耳から離れない。私と莉菜は愛し合っている。応援してくれる人もいるかもしれない。しかし、ああいう人間が世の中には一定数いることも事実なのだ。

翌週の日曜日、私は一人で東京拘置所の祖父と面会した。父や母はついてくると言ったけど、断った。誰にも邪魔されず、自分でしっかり祖父の印象を捉えたかった。後で莉菜に今日のことを報告しなければならないのだから。

面会の申込書の『被告人との関係』欄に、私は孫と書いた。たとえ家族であっても認められない例が少なくない中、比較的面会手続きはスムーズに進んだ。祖父の無罪を司法も真剣に考え始めた証拠だろうか。

アクリル板に隔てられ、決して手を触れることのできない祖父は、八十を過ぎているとは思えないほど、かくしゃくとしていた。髪も薄くなっているけど、大野浩一に比べれば豊かだった。

正直、怖かった。三十年間、私は祖父に会っていなかったのだ。会う機会はいくらでもあった。それなのに、私は祖父との面会を拒否し続けたのだ。私にカインの孫のレッテルを貼られる原因を作った祖父が憎かった。早く死んでしまえばいいと思ったことは、一度や二度ではない。

——今更、何しに来たんだ。そう責められると思った。でも、生まれて始めて会った祖父は、快く私を迎えてくれた。

六十年間も閉じ込められると、人はいったいどうなってしまうのだろう。ちゃんとコミュニケーションは図れるのだろうか。そう案じた不安が滑稽に思えるほど、祖父は普通に話していた。本当に親戚のお祖父さんといった感じだ。

「俺にこんな美人の孫がいるなんて思わなかったよ。もっと早く会いたかった」

「ごめんなさい――」

一言謝り、私はおずおずと祖父の顔色をうかがうように話し始めた。

「私、ずっと気持ちの整理がつかなくて。でも、ジャーナリストの泉堂莉菜さんが、新村事件と府中放火殺人事件の真犯人と目される人間を見つけ出したんです。それでようやく豪さんが無実だと私も確信できました」

確信できたんじゃない。確信したかったのだ。だから今日、私はここに来た。

「豪さんだなんて、水臭いことを言うなよ。アキは俺の孫なんだから」

「――私の名前、知ってるんですね」

「当たり前だよ。三十年間、忘れた日は一度もなかった」

私は、泣いた。しゃくりあげながら、ごめんなさい、ごめんなさい、と繰り返した。

私は弱かった。世間から押しつけられたカインの孫というレッテルを受け入れて、祖父を憎んだ。でも私は、もっと莉菜のように強くあるべきだった。そうすれば三十年間も祖父を待たせることもなかった。

「アキ――お祖父ちゃんと言ってくれよ」

私は頷き、お祖父ちゃん、と言った。そして涙に濡れた顔で微笑んだ。

「ここから出たら、その泉堂って人に会いたいな。お礼を言わなきゃ」

「その時は、きっと支援者の人たちがお祝いのパーティーを開いてくれる。そこに莉菜も呼ぶから」

「そうかそうか。さぞかし美人なんだろうな」

「ええ、莉菜は私よりも、ずっと、ずっと綺麗よ」

そして私は本題に入った。このことだけは、なんとしてでも祖父の口から聞かなければならなかった。私は今日、そのためにここに来たのだから。

「お祖父ちゃんは、本当に、あの金貸しの女性を殺していないのね？」

祖父の顔が険しくなった。

「アキは疑っているのか？」

「私は今日初めてお祖父ちゃんに会ったから。お祖父ちゃんが冤罪を主張していることは、お父さんやお母さんに聞かされて知っているけど、私、お祖父ちゃんの口からはっきり聞きたい！」

いったん険しくなった祖父の表情が、また温和なそれに変わった。

「殺してない。神に誓って殺してない。俺はずっとそう主張し続けてきたんだ」

私は泣きながら、何度も頷いた。信じよう。信じるしかないではないか。彼がそう言っているのだ。三十年間会いに来なかった孫の名前を、ずっと覚えていてくれている祖父が。それがすべてだ。カインの孫だと蔑まれてきた人生も、これで取り戻せる。

胸を張って言える、私はカインの孫じゃない。

　祖父は泣いている私をじっと見ていた。罪悪感に苦しまなくていい、そんな優しい言葉をかけてくれることを期待した。

　でも、祖父の口から出てきたのは、予想外の言葉だった。

「その泉堂莉菜ってのは、独身か？」

「え？」

　思わず、私は聞き返してしまった。

「独身かどうかって訊いてるんだよ」

「——うん」

「そうか、男はいないのか」

　嬉しそうに、祖父は言った。

「アキは？　独身なんだろう？」

「そうだけど——」

　いったい何が言いたいのだろう。早く結婚して曾孫《ひまご》の顔を見せろ、とでも言いたいのだろうか。

「何が辛いって、ここで暮らしてると女っ気がないからな。六十年、女なしだぞ！　だから今日、アキが来てくれて本当に嬉しかった」

私は頬に涙の痕を残したまま、祖父を見つめた。

今日、ここに来てから祖父はずっとニコニコしていた。それを私は単純に、可愛い孫娘が来たからだとばかり思っていた。

でも、そうではなかったとしたら。

「その泉堂って女の写真はないのか?」

「――ないよ」

「そうかー。まあいい。あと何年かしたら、女に会えるんだ。それまで楽しみに待つさ。今日はアキで我慢だ」

普通に会話ができる祖父を、私は親戚のお祖父さんみたいだ、と思った。でも今の祖父は――。

祖父に、女性に手を上げた前科があったことを思い出した。だからこそ、ナカの殺人の罪を着せられたのだ。六十年前、女性に対する人権意識は今よりとても低かっただろう。そんな時代で、前科がつくぐらいの暴行だ。もしかしたら祖父が犯した罪は強姦《ごうかん》だったのかもしれない。だとしたら祖父の支援者たちが、祖父の前科について何も言わない理由も頷ける。喧嘩でうっかり手を出してしまった程度の傷害罪なら、きっと言及するはずだ。

それを隠しているということは、祖父の前科は、明るみにしてしまったら、いっぺんに世間の人々からの同情を失うたぐいのものなのではないか。

考えは止まらない。もしかしたら、祖父はナカを強姦しようとしたのではないか。抵抗されて殺してしまったのではないか。

涙を流して対面を喜んだ祖父が、途端に汚らしい老人に見えてきた。

「なあ！　こんど来るときは、その女の写真持ってきてくれよ！　お前の写真でもいいぞ！　部屋でじっくり拝むから！」

六十年も独房に入れられていると、孫娘の前でこんな恥ずかしいことを平気で口走る、たがが外れた人間になってしまうのだろうか。女性に会えないのは辛いだろう。だけど孫の私や、冤罪を晴らそうと必死に動いた莉菜まで欲望の対象としている祖父に、私は絶望を禁じ得なかった。

私は立ち上がって、祖父に背を向けた。アクリル板越しの面会で本当に良かった、と思わずにはいられない。

「なんだ？　もう帰るのか？」

部屋を出る直前、いい女に育ったな、という祖父の声が聞こえた。

こんな男を、莉菜に会わせられないと思った。出所祝いのパーティーの席で、莉菜の胸やお尻を撫で回す祖父の姿を想像する。もちろん莉菜は、そんなことをされたら祖父を平手で打つぐらいするだろう。そして、女にだらしないことと府中放火殺人事件の犯人であるかどうかは関係がない、と平然と言うだろう。

私はそんなふうに割り切れない。祖父は無罪にふさわしい、清廉潔白な人間であって欲しかった。

私は子供の頃からずっと、カインの血を引いた自分が嫌だった。だから祖父の無実を証明したかった。その思いが強すぎるあまりに、血を引きたいと思うほど立派な人間の孫でいたいと、無意識のうちに考えていたのかもしれない。

思う。仮に祖父が証拠不十分で無罪になるとしても、すぐではない。五年というのは死後再審の事例だが、祖父の場合にしろ一朝一夕には成し得ないだろう。祖父は高齢だ。それまでに亡くなっても、不思議ではない。

祖父が亡くなれば、すべてはうやむやに終わる。莉菜に、祖父がこんなくだらない男だと知られずに済む。今日の祖父との対面は、ちゃんと莉菜に報告しようと思う。莉菜の本に、冤罪と戦って国家権力に殺された立派な殉教者、と書いてもらえば、それで祖父は高潔で清廉潔白な人間になるのだ。

祖父が死んでくれれば――。

私はぶるぶると首を横に振って、そんな考えを振り払った。事件の真相を曖昧に済ませるために、祖父の死を願うなんて間違っている。私はそう莉菜に叱ってもらうために、電話帳から莉菜の番号を呼び出してタップした。

『もしもし?』

莉菜はすぐに電話に出た。私は、祖父と対面した際に感じた印象を、莉菜に話した。

19

葬儀会場は、府中の公民館だった。三十年間生きてきて、葬儀に参列することは何度もあるけれど、今回のそれは特別だった。私は動揺する心を押し殺して、公民館に向かった。本当は、声を上げて泣き崩れたかった。でもそんなことはできない。弱い人間だと思われたら、この野蛮な世界では生きていくことができないから。私はロボットのように両足を動かして、前に進んだ。機械になりきれば、余計なことを考えない強い人間になれると考えた。

公民館の前には鯨幕が並んでいる。マスコミの姿も見える。亡くなったのが有名人だからだろう。私を見つけた彼らが早速声をかけてくる。でも私はノーコメントを貫く。その反応は彼らも予期していたようで、しつこくつきまとってはこなかった。彼らの書く記事に、私はどんなふうに書かれるのだろうか。涙も流さない女、冷徹な女、悪魔のような女――それでいい。

正直、葬儀には来たものの、追い返されると思っていた。お前のせいで死んだ、お前が殺した、そう遺族たちに責めたてられると思った。だからと言って顔も出さなければ、更なる批判を受けるに決まっている。拒絶されるのが分かっているのに、最後の別れに訪れるなんて皮肉だな、と心の中で自嘲する。アキ、あなたも笑ってくれるよね？

しかし、あの時私を追い返そうとしたアキの母親は、私を葬儀会場に招き入れてくれた。死んだ娘と同年代の私を、娘が蘇ったように思っているのか。それとも娘の意志を尊重しているからか。

初めてアキと府中の喫茶店で会った日のことを思い出す。アキは、おどおどと私に萎縮していた。私のことを立派な人間だと思い込んでいるようだった。その真っ白な、誰の色にも染まっていないアキを、私は徹底的に自分の色に塗りつぶしたのだ。

『私、もう子供じゃないいんだよ？　誰と付き合うか自分で決められる！』

あの、母親に反抗したアキの言葉が忘れられない。あの言葉で、私はアキが心の底まで私の虜になったと確信した。私を週刊標榜で告発したのも、裏切られたと感じたからだ。私をどうでもいい人間と思っているのなら、あんなことはしなかっただろう。

アキと出会って、大野浩一にたどり着いた。彼女を半身と思う気持ちには嘘はない。そう考えなければ、決して祖父の冤罪は証明できなかった。だが、いつまでもアキを私の隣に居させることはできない。祖父の無罪を証明した私には、次々に新たな事件の仕事が舞い込んでくるだろう。アキは、新村事件と府中放火殺人事件のパートナーにしかならない。いつアキから離れようか、それが当面の課題だった。もうそれを考える必要はない。でも、だから良かった、と単純に喜ぶほど私は人でなしではなかった。

遺影のアキの顔は、北海道で心を重ね合ったあの夜のように、笑顔だった。

「豪さんは、アキのことを？」

娘を名前で呼んだことを不快に思われるかと案じたが、そんなこともなかった。私をアキに会わせまいとした彼女の判断は正しかった。私はアキを騙したのだから。だがこんな結果になってしまった今、私も、彼女も、お互い争うことなんて思いもよらなかった。

「伝えました。でも――」

そこで彼女は言葉を濁した。アキから豪の印象は聞いている。きっと涙も流さず、いい女だったのに勿体《もったい》ない、ぐらいのことは言ったのではないか。六十年間閉じ込められた男の異性に対する欲望は、女の私には想像を絶する。

柩《ひつぎ》の小窓から、アキの顔を見た。遺影からは想像もできないほど、表情を無くした顔だった。まるで人形のようだった。命が無くなると、人の外見はこんなにも変わるのだろうか。

「遺書がありました。三通——私と、夫と、あなた宛にです。私宛の遺書には、お葬式にあなたが来たら、追い返さないでと書かれていました」

アキが許してくれたのだ。私がここにいることを。

「——これです」

泉堂莉菜さま

アキの母親が差し出した白い封筒には、そう私の名前があった。厳重に封がしてある。開けた形跡はなさそうだった。

「書いてあったことを、お伝えした方がいいですか？」

アキの母親は小さく首を振った。

「親がプライベートに踏み込むことを、子供は嫌がるものです。それを分かっていなかった私が、アキを殺したと言えなくもありません。だから結構です」

私は頷いた。そして公民館の空いた部屋を貸してもらって、アキの遺書を読んだ。

『莉菜に名刺をもらって住所は分かっていたから郵便で送ろうとしましたが、もしかしたら死ぬ決心が鈍ると思って、この手紙は部屋のデスクの上に置きます。母が無事に、あなたに届けてくれることを祈ります。

私が祖父と対面した印象をあなたに電話でお伝えした時、あなたは、男なんてそんなものよ、それと冤罪かどうかは関係ない、と言いましたね。あまりにも予想通りの答えだったので、私は思わず笑ってしまいました。

それでも私は、実の孫にまで欲望を抱く祖父が理解できなくて母に、あんなお祖父ちゃん、たとえ冤罪でも拘置所に閉じ込めておけばいいのに、と言ってしまいました。拘置所を出た祖父と会うのが怖かったからですが、莉菜を追い返そうとした母に反発する気持ちがあったのかもしれません。

正直私は、なんてことを言うの！　と母に叱られると思いました。しかし、そうはなりませんでした。母は悲しそうな目で、仕方がないね、とつぶやいただけでした。

私は母の反応が不思議でした。両親は、祖父の冤罪を晴らすという目的で生きてきたと言っても過言ではありません。それなのに娘の私が、祖父の自由を望まない発言をしたのです。

私は母のそんな態度を、父に伝えました。正直私は、母も実は祖父の支援活動に疲れているのでは？　と疑ったのです。父方の祖父です。家族ですが、祖父と母の間には血の繋がりがありません。そのこともあって、孫の私も女として見ている祖父に絶望し、本音が出たのだと。だけどそうじゃなかった。

父は、お前がお祖父ちゃんと会ったら話そうと思っていた、と言って、母に黙って、私を近所の居酒屋に連れていきました。そこの個室で私は父に真実を知らされました。

父と母は、祖父の支援活動で出会いました。単純に、同じ目的をもった者同士、気があって結婚したんだと思っていました。それはもちろんそうなのですが、もう少し複雑な事情がありました。

父と付き合っていた当時、母は他の男の子供を身ごもっていました。そのことで、母は父に引け目を感じていましたが、父は快く母を受け入れました。父も死刑囚の息子だし、祖父の支援を中心に人生が動いているところもありましたから、半ば結婚を諦めていました。だから他の男の子供を身ごもっていたからといって、結婚のチャンスを逃すことはできなかったのです。

察しのいい莉菜ならお分かりでしょう。そう、その子供とは私です。私は父の実の子供ではありませんでした。したがって、府中放火殺人事件で死刑宣告を受けた立石豪と私とは、何の血縁関係もなかったのです。

拘置所で面会した時、祖父が私を女を見る目で見てきたのも当然です。母と結婚する際、父は拘置所の祖父に事情を話したでしょう。祖父は私が自分の本当の孫でないことを知っていたに違いありません。

では、私の本当の父親は一体誰なのでしょうか？

父は、私の実の父親はどこの誰だか今どうしているのかも分からない、だから忘れろ、などと言いました。嘘だ、と本能的に思いました。他人の子供を引き取ろうと言うのです。母から相手の男に対する情報をまったく聞かないとは考えがたいものがありました。

父がこうなのだから、母に聞いても何も教えてくれないでしょう。きっと二人は私を自分たち夫婦の娘だと決めた時から、相手の男の存在を私の人生から葬り去ろうと心に誓ったのです。

悩んだ末、私は目黒に住む叔母を久方ぶりに訪ねました。死刑囚の息子と結婚したことで絶縁状態になっていると聞かされていましたが、私が父の実の娘ではないと知った今、もしかしたらもっと別の理由があるのでは、と考えたのです。

突然現れた私を叔母は畏怖の目で見ました。私が、子供の頃に冷たくされた復讐のために現れた、とでも思ったのでしょう。

私は、自分が死刑囚の孫だから、叔母に冷たく当たられたとばかり思っていました。今回初めて腹を割って叔母と話しましたが、本当は私がどこの馬の骨かも分からない男の娘だから、気味悪がって避けていたという理由の方が大きかったようです。そんな女をもらってくれる男は死刑囚の子供しかいない、そう考えると絶望してしまって、私に八つ当たりしたのでしょう。

叔母は、シングルマザーで子供を授かり、しかも死刑囚の子供と結婚した母を、一族の恥とまで思っていたようでした。だから、その当時のことが強烈な印象となって、今でも忘れずに覚えているようでした。母の相手の男の名前を。

オオノコウイチ、それが私の実の父親の名前でした。

私は最初、叔母が莉菜の記事を読んで嫌がらせのために言っているのだ、と思いました。しかし、それはありえないのです。莉菜の記事には、現時点では大野浩一の実名は出ていないのですから。

でも、そう考えればすべてのことに説明がつくのです。殿村の追及を受け、大野浩一は北海道から府中に逃げました。何故また府中に？　恐らく、朝比奈京子に会うためではないでしょうか。森川ナカ、朝比奈京子、大野浩一の三人の間に、三角関係のようなものがあったのかもしれません。

森川ナカと大野浩一との間には、年齢の隔たりがありました。もちろん、そのようなカップルがいても不思議ではありません。ただ、大野浩一が森川ナカに弱みを握られていた、という点を鑑みれば、より年齢が近い朝比奈京子と親密になったことは、十分考えられます。それが森川ナカ殺害の火種ではないでしょうか。

北海道から府中に戻った後、あのホスピスで息を引き取るまで、大野浩一の人生に何があったかは分かりません。（きっと莉菜なら、克明に調査して立派な記事を書くでしょう！）ただ確かなのは、朝比奈京子に拒絶された大野浩一が私の母に出会ったということです。逃げた先々で家族を作るのがエージェントのやり方、と考えるのはうがった見方でしょうか。母もまさか、自分が愛した男が元競輪選手で、府中放火殺人事件の真犯人かもしれないなど夢にも思わなかったでしょう。

私には子供の頃の忘れられない記憶があります。それは私を遠くからじっと見つめていた、見知らぬ男の姿です。私が死刑囚の孫だと知っている近隣住民だと思い込んでいましたが、もしかしたらその男が大野浩一ではなかったでしょうか。そう考えれば、彼のあの最後の言葉も理解できるのです。

『この子は、俺の娘だ！』

最初、私はその言葉の意味を深くは考えませんでした。私は孫の麻里奈になりすまして大野浩一と会いました。そして彼はそれを信じているとばかり思っていました。突然主治医が入ってきて混乱した大野浩一が『孫』と『娘』を言い間違えただけだと。でも、大野浩一が最初っから私が誰だか分かっていたとしたら。

私はカインの孫というレッテルが嫌で嫌で仕方ありませんでした。だからあなたと出会えて本当に嬉しかった。あなたが私から、その不愉快なレッテルを引き剝がしてくれると思ったから。だけど、駄目でした。

立石豪が真実、府中放火殺人事件の犯人なのかどうか、それは分かりません。本当に犯人なのかもしれないし、冤罪かもしれません。大野浩一はGHQのエージェントです。客の犯行に見せかけるために、森川ナカの自宅に放火ぐらいするでしょう。たださやはり私は、豪のズボンの裾に被害者の血がついていたことが、どうしても引っかかるのです。それは殺人の直後に豪が現場にいたという何よりの証明です。

また手提げ金庫の件もあります。もし放火が大野浩一の工作だったら、間違いなく手提げ金庫を持ち去るはずです。その方が、客の犯行という可能性がより強固になるのですから。にもかかわらず金庫は残されていた。証拠隠滅が完璧ではないからこそ、私は思うのです。放火はやはり家ごと貸付証書を燃やそうとした、豪の犯行だったと。

豪は大野浩一を知っていました。もし無実だったら、取り調べの際、彼の名前を警察に言うのでないでしょうか。でもそんな記録はありません。それは、もし具体的な名前を出しても、警察が本人に当たれば真犯人でないことが分かってしまうからではないでしょうか。

確かに大野浩一は府中放火殺人事件の犯行を自白しました。でも、今となって思えば、あれは私のために立石豪の罪を被ったと考えられなくもないのです。娘から、カインの孫という汚名を拭い去るために。でも何の意味もないことでした。府中放火殺人事件の真相がどうであれ、私には一切関係のないことだったのです。だって私は、そもそも立石豪の孫ではないのですから。

刑事の殿村のことを覚えていますか？　新村事件を捜査していた彼は、大野浩一を疑い北海道まで行きました。それほど情熱を持って大野浩一を追っていたのです。家族を捨て北海道を後にした彼を、引き続き殿村は探したでしょう。もしかしたら府中に戻った彼が、府中放火殺人事件の冤罪問題を支援している活動家を妊娠させたことまで把握していたのかもしれません。だからこそ、殿村はあなただけではなく、私にも会いたいと希望したのではないでしょうか。自分が入院しているホスピスにいる大野浩一に、私を引き合わせるために。そうすれば大野浩一が自白すると考えたのかもしれません。殿村のその推測は卓見でした。実際そうなったのですから！

私は新村事件の犯人の、大野浩一の子供でした。あなたのお祖父さんを冤罪で死なせた、憎むべきカインの子供だったのです。あなたのお祖父さんの名誉が回復できて、私は本当に嬉しかった。でも、それは取りも直さず、私が新村事件の真犯人の子供だと証明されることに、私は気付いていませんでした。

私は同窓生たちの前で啖呵《たんか》を切り、私にこんなあだ名をつけた委員長に謝らせました。でも彼も内心では、委員長というあだ名を快く思っていなかったのかも知れません。カインの孫というあだ名に傷ついたのに、私はそのことをこれっぽっちも鑑みませんでした。彼を委員長と呼んだ私は、カインの孫と呼ばれても仕方がないのです。それも孫どころか子供だったのです。それだけカインの血が強いことは言うまでもありません。

莉菜。私はあなたとずっと一緒に生きたかった。でも、それは叶《かな》いそうもありません。私たちは二つの事件の死刑囚の孫として出会いました。そのこともあり、私たちは半身同士として、誰よりも強い絆でつながっていたと思います。でも真相が明らかになった今、私はあなたの半身としてふさわしい女ではなくなりました。あなたはカインの孫の立場を捨てて、これからも立派なお仕事をしていくでしょう。でも私はその隣にはいられないのです。だって私は結局カインの子供のままなのだから。

私はあなたの前から姿を消します。私はあなたのお祖父さんを冤罪で苦しめた大野浩一の娘なのです。これから、どんな顔であなたに会えばいいのか分かりません。それにあなたが新村事件の真犯人の娘と親密な間柄だったと知れたら、またあの週刊標榜のような雑誌にあることないこと書かれるでしょう。

だから、私はあなたの人生からいなくなった方がいいのです。

あなたと過ごした数カ月間は、一度は仲違いをしたけれど、本当に素晴らしかった。人生の最後に素敵な時間をくれてどうもありがとう。

最後に私の勝手なお願いごとを書いて終わりたいと思います。生まれ変わっても、またあなたと出会えますように』

大野浩一が真実、新村事件の犯人か否か、今後議論が噴出するかもしれない。しかし私は、大野浩一が真犯人という前提で論陣を張るだろう。祖父の冤罪を証明するには、それが一番の近道だから。そのためにジャーナリストになったのだから。

アキは恐れたに違いない。自分が大野浩一の子供であると、私に知られることを。もし知られた暁には、真実がどうであれ、私にとってアキは一生、新村事件の真犯人の子供だ。遺書にはそこまで書かれていなかったけど、アキの自殺の一番の動機はそれだろう。

真実なんて関係ない。重要なのは世間の評価だ。その私の考え方を一番よく分かっているのは、アキだ。

私はアキの遺書を封筒に戻してからバッグにしまった。アキが両親に書いた遺書の内容を知りたかったが、聞かないでおこうと思った。アキの母親は、アキの意志を尊重して、私宛のこの遺書を読まないでいてくれた。だから私も両親の遺書を読まないことが、アキに対する追悼になると感じた。

アキはその三十年間の人生の最後において、たった三人に遺書を残した。両親と、私に。つまり私はアキにとって、両親と同等の価値を持った人間だった。

それ以上、もう何も望まない。

20

空港のラウンジで、私は布施ハルカと会った。

「立石アキの死体、樹海で見つかったんだって？」

スパークリングワインのグラスを傾けながら、私は頷く。

「首吊るなら家で吊ればいいじゃない。わざわざ樹海に行くなんて、自己陶酔もいいとこ。もっとも、それを言ったら自殺自体が自己陶酔だけど」

その通りだったので、私はハルカに反論しなかった。でも、人生最後の瞬間ぐらい、悲劇の自分に酔わせてあげたい。

「自分の身内が人殺しかどうかが、そんなに重要？　どーだっていいじゃん。だって当の本人は何も悪いことをしてないんでしょ？」

私は微笑み、ハルカに、

「じゃあ、私も新村事件の犯人の孫のままの方が良かった？」

と訊いた。

「そうだね。だってその方がハクがつくもん。格好いいよ、お祖父ちゃんが死刑囚だなんて。それにご先祖を辿っていけば、誰だって人殺しの子孫だよ。私も、あなたも、光代だって」

ハルカの言葉は真実だった。アダムとイブの子供の、カインとアベル。カインはアベルを殺し、世界最初の殺人犯となった。世界中のすべての人間が、カインの血を引いている。この世界に、カインの子孫でない人間は一人もいない。私たちは皆、カインの子供たちだ。

「悪かったね。今回も汚れ仕事をさせて」

「気にしないで、いつものことだから」

正直、私は週刊標榜が目障りだった。国家権力にべったり寄り添った右翼雑誌だから、死刑囚の冤罪を晴らそうとする活動全般に茶々を入れてくる。いつかこらしめなければならないと思っていたのだ。

ハルカと光代に芝居を打ってもらった。ハルカに、私が光代に手を出して高校を中退させた、という内容の投書を週刊標榜に送らせて反応を見た。さすがに向こうもすぐには食いついてはこなかったが、アキが私を告発するメールを送ると、ようやく動き始めた。

アキは自分の意志で告発文を送ったと思ったまま、死んだのだろう。でも事実はそうではなかった。アキは私に夢中だった。私の相手が自分一人だけだと、心から信じていた。だから少し突き放すと、私に対する愛情は、そのまま憎しみとなった。アキと会話する時は、それとなく週刊標榜の名前を出し、私を敵視している雑誌だと教えた。だからアキが週刊標榜に告発文を送ることは完全に予想の範疇《はんちゅう》だったのだ。

週刊標榜に私を大々的に批判させ、土壇場でその足元を崩す。誤報を出した週刊標榜の評判は落ち、逆に私には右翼雑誌にいわれのない誹謗中傷を受けたジャーナリストとして同情が集まるだろう。あのネット番組は確かに滑稽でくだらないものだった。でも、今後の活動の地盤固めに必要だったのだ。

光代が手のひらを返して私についた時の桑原の顔！　あの男は、ライター業界では知名度が高い。多分、銀次郎なんて大仰な名前だからだろう。いずれ私の足を引っ張るかもしれない。だから今のうちに彼の評判を落としておいて悪いことは一つもないのだ。

「莉菜は悪党なんだから」

「知らなかった？」

その時、早見光代がラウンジに現れた。

「待った？」

「待った！　そのぶん、莉菜と話せて良かったけど。莉菜も来ない？　三人で楽しもうよ！」

「ごめんなさい。原稿を書かなきゃ。二人でせいぜい遊んできて」

そう言って私は立ち上がった。

「あんまり三人でいるところを見られちゃまずいでしょう。それじゃあね。沖縄のお土産、楽しみにしてる」

光代が何か言う前に、私はラウンジを後にした。ハルカと光代の姿が視界から消えると、私はお手洗いに向かった。

正直、ハルカと話している間中、ずっと崩れ落ちそうだった。

原稿があるのは本当だが、急ぎではない。沖縄の海を眺めながら、ハルカや光代と三人でベッドの上で戯れるのも楽しいだろう。

だけど、今はそんな気分にはなれなかった。

お手洗いには誰もいなかった。私は洗面所に手を突き、鏡に写る自分を見つめた。

この女が、アキを騙したのだ。アキは自分が騙されていることを知らないまま、死んだのだ。

私は、鏡の中の自分に向かって、そっと彼女の名前を呼んだ。

「アキ」

その時、後ろから誰かが入ってきた。私は慌てて姿勢を正した。

入ってきたのは、ハルカと光代だった。

「ごめんなさい。光代がちゃんとお別れをしたいってきかなくて」

「もし飛行機が落ちたら、もうこれで莉菜とお別れってことでしょう？　だったら最後のキスをしておかなきゃ！」

　私は笑った。

「相変わらずガキっぽいんだから」

　光代は目を閉じて私に唇を突き出した。私はその唇にそっと自分の唇を重ねた。それだけで、光代は満足したようだった。

「莉菜、私も」

　我慢できなくなったようで、光代の次にハルカがやってきた。私はハルカの肉感的な身体を抱きしめ、その舌を吸う。

　唇を離し、とろんとした目のハルカを見つめながら、私は訊いた。

「これで満足？」

「うん、満足！」

「満足した！」

　光代とハルカは同時に答えた。

「さあ、行って。誰か来るかもしれない」

　二人は手を振ってお手洗いを出て行く。また戻ってきたら適《かな》わないから、私は個室に入りドアを閉めた。そして、アキを思って声を上げずに泣いた。

こんな姿は、誰にも見せられない。光代やハルカのような女には特にだ。私は彼女らの偶像。弱い姿を晒すぐらいだったら、悪党だと思われた方が何倍もマシだ。どれだけの女が私に憧れるだろう。そして私は、どれだけの女と抱き合っただろう。皆、私を愛していると言う。だけど、私のために命を投げ出した女はアキだけだ。アキは私の心に居座り、私を永久に縛り続ける。たとえどんな女と抱き合っている時も、私はアキを忘れられないだろう。アキは死んだ。私の心を道連れにして。それがアキの私に対する復讐だった。私はどこまでも、いつまでも、アキと一緒だった。この世界が終わるまで、ずっと、ずっと、永遠に——。

共にいる。

エピローグ

神田神保町の喫茶店に、私はいた。新しく仕事をする編集者との打ち合わせだった。週刊クレールに連載した新村事件の記事は好評で、早くも単行本化が決定した。こうやって新しい仕事が来るのもアキのお蔭《かげ》だ。彼女がいなかったら、私は決して大野浩一にたどり着かなかっただろうから。

アキが死んでからずっと、私の心にはアキが住んでいる。そして私を監視している。ハルカや光代、それに他の女の子と一夜を共にするたび、そんな女でいいの？　とアキが嘲笑う。彼女らには悪いけど、私はアキの身代わりとして彼女らを抱く。もちろん初めてアキと身体を重ねた、あの北海道の夜には及ばない。

正直あの時は、これでアキも私の虜ね、としか思っていなかった。しかし虜になったのは私の方だった。女の子と付き合っても、仕事を選んでも、日常のすべてのことに、私がこうしたらアキはどう思うだろう、と考えてしまうのだから。

アキが生きていたら、彼女が喜ぶ仕事がしたい。だから臆病になってしまって、新しい仕事がなかなか決まらなかった。

編集者は私の前に、昭和の未解決事件と呼ばれるものを扱った書籍を何冊も積み上げた。

「何でもいいんですよ。泉堂さんが興味を引かれたものなら」

「そういうリクエストが一番困る。そりゃ帝銀事件や下山事件には興味あるけど、今までいろんな人が手がけてきてるから、私なんかが入る余地はないもの」

「――そうですか。弱ったな」

「昭和の事件じゃないと駄目なの？」

「いえ、そんなことはないですよ。ただ新村事件と同じ昭和ジャンルの方が、世間にアピールできると思いまして」

「昭和ジャンルね――」

その時、私の視線は、店に入ってきた一人の女を捕らえた。

思わず息を呑む。忘れもしない。それは、あのネット番組を行ったホテルの廊下で、私とアキに罵声を浴びせかけた女だったのだ。

『女同士で抱き合ってんじゃねーよ！　気色悪ぃ！』

編集者も私の視線の方を向く。そして驚いたような顔をして、ちょっとすいませんと断ってから席を立った。

女も編集者に気付いたようだった。編集者は女と二言三言話してから、再びこちらに戻ってきた。

「どなた？」

私は好奇心が顔に出ないよう、編集者に問う。

「作家の西野冴子《にしのさえこ》さんです。以前お仕事したことがありまして」

「私と同業？　存じあげなかった」

「いいえ、フィクションの作家さんです。ミステリを書いているんですよ」

「へえ――」

そういえばあのホテルでは、推理作家協会のパーティーが開かれていた。私はもう一度、西野冴子の方を見やった。彼女も仕事の打ち合わせらしく、出版社の人間らしき男性と談笑していた。西野冴子は一見落ち着いた女性に見える。でも人は見かけでは分からない。この店にいる誰もが、西野冴子があんな暴言を吐くような女だとは思ってもいないだろう。

それを知っているのは私だけ。

西野冴子――私と、そしてアキを傷つけた女。私とアキの絆を嘲笑った女。

「必ずしも、昭和の事件じゃなくていいの？」

「ええ、それはもちろん。泉堂さんの創作意欲をかきたてる事件であることが一番ですから」

「創作意欲か――」

私はつぶやいた。ノンフィクションであっても、必ず書き手の主観が混じり込む。たとえミルクに一滴垂らした墨のような主観であっても、僅かに灰色になった時点で、作者の創作物と言えるのだ。

優れたノンフィクション作品であればあるほど、現実に影響を及ぼす力がある。現実を、どんな色にでも変えられる。あの鬱陶しい週刊標榜も、そうやって大人しくさせたのだ。

私は西野冴子を横目で見ながら、編集者に向き直って、言った。

「次の作品のテーマが決まった」

本作品はフィクションです。実在する個人、事件、団体などとは一切関係がありません。

本書は書き下ろしです。

実業之日本社文庫　最新刊

実業之日本社文庫　好評既刊

赤川次郎
明日に手紙を
欠陥のある洗濯機で、女性が感電死。製造元のK電機工業は世間から非難を浴びる。そんな悪い状況から抜け出すため、捏造した手紙を出す計画を提案する…。
あ1 16

池井戸 潤
空飛ぶタイヤ
正義は我にありだ——名門巨大企業に立ち向かう弱小会社社長の熱き闘い。『下町ロケット』の原点といえる感動巨編！（解説・村上貴史）
い11 1

池井戸 潤
不祥事
痛快すぎる女子銀行員・花咲舞が様々なトラブルを解決に導き、腐った銀行を叩き直す！　テレビドラマ「花咲舞が黙ってない」原作。（解説・加藤正俊）
い11 2

池井戸 潤
仇敵
不祥事を追及して職を追われた元エリート銀行員・恋窪商太郎。彼の前に退職のきっかけとなった仇敵が現れた時、人生のリベンジが始まる！（解説・霜月 蒼）
い11 3

伊坂幸太郎
砂漠
この一冊で世界が変わる、かもしれない。一瞬で過ぎる学生時代の瑞々しさと切なさを描いた一生モノの傑作長編！　小社文庫限定の書き下ろしあとがき収録。
い12 1

実業之日本社文庫　好評既刊

江上剛
銀行支店長、走る
メガバンクを陥れた真犯人は誰だ。窓際寸前の支店長と若手女子行員らが改革に乗り出した。行内闘争の行く末を問う経済小説。（解説・村上貴史）
え11

周木律
不死症《アンデッド》
ある研究所の瓦礫の下で目を覚ました夏樹は全ての記憶を失っていた。彼女の前に現れたのは人肉を貪る異形の者たちで!?　サバイバルミステリー。

し21

周木律
幻屍症　インビジブル
絶海の孤島に建つ孤児院・四水園――。閉鎖的空間で起こる恐るべき連続怪死事件に特殊能力「幻屍症」を持った少年が挑む！　驚愕ホラーミステリー。

し22

椙本孝思
読んではいけない殺人事件
人の心を読む「読心スマホ」の力を持った美島冬華。後輩のストーカー被害から、思わぬ殺人事件の「記憶」に辿りついてしまい――!?　傑作サイコミステリー！

す12

知念実希人
仮面病棟
拳銃で撃たれた女を連れて、ピエロ男が病院に籠城。怒濤のドンデン返しの連続。一気読み必至の医療サスペンス、文庫書き下ろし！（解説・法月綸太郎）
ち11

実業之日本社文庫　好評既刊

知念実希人
時限病棟
目覚めると、ベッドで点滴を受けていた。なぜこんな場所にいるのか？　ピエロからのミッション、ふたつの死の謎…。『仮面病棟』を凌ぐ衝撃、書き下ろし！

ち12

知念実希人
リアルフェイス
天才美容外科医・柊貴之。金さえ積めばどんな要望にも応える彼の元に、奇妙な依頼が舞い込む。さらに整形美女連続殺人事件の謎が…。予測不能サスペンス。

ち13

原田マハ
総理の夫　First Gentleman
20××年、史上初女性・最年少総理となった相馬凜子。夫・日和に見守られながら、混迷の日本の改革に挑む。痛快&感動の政界エンタメ。（解説・安倍昭恵）
は42

春口裕子
隣に棲む女
私の胸にはじめて芽生えた「殺意」という感情――生きることに不器用な女の心に潜む悪を巧みに描く、戦慄のサスペンス集。（解説・藤田香織）
は11

東川篤哉
放課後はミステリーとともに
鯉ケ窪学園の放課後は謎の事件でいっぱい。探偵部副部長・霧ケ峰涼のギャグは冴えるが推理は五里霧中。果たして謎を解くのは誰？（解説・三島政幸）
ひ41

実業之日本社文庫 う51

カインの子《こ》どもたち

2019年2月15日　初版第1刷発行

著　者　浦賀和宏《うらがかずひろ》

発行者　岩野裕一
発行所　株式会社実業之日本社
〒107-0062　東京都港区南青山5-4-30
CoSTUME NATIONAL Aoyama Complex 2F
電話 [編集]03(6809)0473 [販売]03(6809)0495
ホームページ　http://www.j-n.co.jp/
DTP　ラッシュ
印刷所　大日本印刷株式会社
製本所　大日本印刷株式会社

フォーマットデザイン　鈴木正道(Suzuki Design)

ISBN978-4-408-55460-0（第二文芸）